望海潮

萧耳 —— 著

浙江文艺出版社

图书在版编目(CIP)数据

望海潮 / 萧耳著. —杭州：浙江文艺出版社，2024.3
ISBN 978-7-5339-7430-5

Ⅰ.①望… Ⅱ.①萧… Ⅲ.①长篇小说—中国—当代 Ⅳ.①I247.5

中国国家版本馆CIP数据核字(2023)第228840号

策划统筹	王晓乐	**装帧设计**	吴 瑕
责任编辑	张恩惠 罗敏波	**营销编辑**	张恩惠
责任校对	陈 玲	**数字编辑**	姜梦冉 诸婧琦
责任印制	张丽敏		

望海潮

萧耳 著

出版发行	浙江文艺出版社
地　　址	杭州市体育场路347号
邮　　编	310006
电　　话	0571-85176953(总编办)
	0571-85152727(市场部)
制　　版	杭州天一图文制作有限公司
印　　刷	浙江海虹彩色印务有限公司
开　　本	787毫米×1092毫米　1/32
字　　数	150千字
印　　张	9.375
插　　页	5
版　　次	2024年3月第1版
印　　次	2024年3月第1次印刷
书　　号	ISBN 978-7-5339-7430-5
定　　价	68.00元

版权所有　侵权必究

目录

上卷 朵小姐

一 乡下丫头 —— 003
二 芭比娃娃 —— 023
三 香格里拉 —— 034
四 望江门外 —— 044
五 过河拆桥 —— 071
六 小妇人 —— 085
七 葛岭的月夜 —— 100
八 离婚 —— 120
九 李丽珍 —— 125
十 一个梦 —— 134
十一 海棠 —— 147
十二 里斯本 —— 157

下卷 去海边

一 皇后娘娘 —— 165
二 冤家 —— 189
三 哑巴哥哥 —— 208
四 一剪梅 —— 217
五 海边客栈 —— 230
六 早春二月 —— 249

番外 蟋蟀记

一 大叺 —— 257
二 芭蕉 —— 266
三 蟋蟀 —— 280

后记 —— 287

上卷　朵小姐

一 乡下丫头

朵小姐姓何，生于浙江三门何家村。村里能看见山，有水稻田，有大樟树，还有一条小河，夏天的阳光很热辣，冬天的风又很冷，有时会下雪。她从小不在此地长大，对它并没有多少感情，她的感情都奉献给了外婆的小镇。她的名字"朵朵"是镇上人的外婆取的，倒成了外婆给她的最珍贵的礼物。何朵朵长大后，凡一路遇到的男人，没有一个不欢喜这个名字的。

有一年夏天，蝉和青蛙都叫得很凶，叫得静夜里人心惶惶。人们熬到晚上，才有了希望。电影放映队到何家村放电影，老老少少都赶去村礼堂方向。村礼堂外有一片晒谷场空地，再往村礼堂的大白墙上拉片幕布，就可以放电影了。何朵朵拖了张木条凳去。条凳旧了，四只脚不齐整，她一边看电影，一边把凳子一摇一摇的，发出"吱咕，吱咕"的声响。旁边坐着一个阿姨年纪的女人，听得烦了，就拍拍她的肩膀，数落她说，看电影就看电影，摇什么摇。她白了边上女人一眼，辩白道，我没有摇。女人说，你这小姑娘，谁家的孩子呀没家教，这么小就不稳重。她低着头，不敢吭声，也不敢反驳，就停了下来。心里琢磨着"不稳重"这个词，是过于隆重了，一定是个坏字眼儿，就越想越生气。过了会儿，宣战似的，她又将凳子摇起来，以示抗议，这下把旁边的阿姨给摇走了，换了位置。和她一起来的堂姐没注意到这桩小纠纷，也不帮她说话，所有注意力都在大银幕上。和堂姐一起来看电影的，还有她的几个女伴，都已经十七八岁了，一边嗑瓜子，一边看电影，但是她们不会将凳子摇来摇去地招人嫌。她们已经开始注意打扮自己了，有了人生中的第一套化妆品，衣服也时髦起来，一个个都变得好看了，成了村里的一道风景。她们到哪里都飘出银铃一样的笑声，像邮递员到村子送信时摁响的自行车铃声，听起来使人愉悦。

  何朵朵那时十一岁，跟何家村的人很陌生，因为她平时都是生活在外婆家，一个相距一百多公里的镇上。到了暑假，偶尔到亲生父母这边做客，最多住两三个星期，遇到农忙时节，她和姐姐还得帮着母亲干田里的活，眼前的田地和身体的累，提醒何朵朵正在做一个小农民，她心里不情不愿，可是也没办法。忙完田里的活，母亲会用小麦粉揉面擀面条，再加小海鲜和鸡蛋，说给大家补补。海鲜面是好吃的，但弟弟不用干活，就可以坐享海鲜面。到了过年，外婆也会把她送回来，一家人一起过节，母亲照例会给三个孩子每人准备一套新衣裳，给一样多的压岁钱。每次总是何朵朵的衣裳鞋子最难把握，因为小孩子每年并非匀速成长。寒暑假快结束时，何朵朵再回外婆家去。她跟父母亲因此生分，总是刚刚有些热度了，又离开了。她通常是想快点回外婆家去，所以总是提前两三天就走，让母亲带着她回外婆的镇上，母亲也正好回一趟娘家，住上一两天再走，家里还有两个孩子，也不敢多盘桓。母亲走的时候，她也并不留恋。她玩得好的小姐妹都在外婆家的镇上。她还有一点优越感，早就认为自己是镇上人，而不是村里人。那时候，镇和村的区别挺大的。

姐姐何竹儿那时十三岁，放了暑假，整天跟自己的同学玩在一起，不愿意带上这个家庭生活之外的亲妹子何朵朵。弟弟何晓松七岁，对这个偶尔回家做客的姐姐，也是不冷不热，她每次来，并没有带什么好吃的、好玩的来讨好弟弟，所以弟弟对她的来去都漠然。而且每次她来这个家时，他们的房间里，还要多加一张钢丝床，空间就变得更拥挤。她家的房子是何竹儿出生那年造的，有点旧了，别的房间不是没有，但堆满了农具等杂七杂八的东西。母亲不忍心她一个孩子临时住在农具间里，就让她挤进了姐弟俩的房间，甚至一厢情愿地觉得这样热闹，能增进兄弟姐妹间的感情。何朵朵每天起床后，钢丝床就得折叠好收起来。

在何家村，何朵朵还有四个堂兄弟姐妹，平时不在一起混，见得也少。何朵朵回村时，他们也不怎么带她玩，或许不怎么记得她这个人。她又是个女孩，亲戚间默认送去外婆家养的女孩子肯定是家里的包袱。总之，何朵朵是最容易被忽略的那一个。

当晚放的电影名叫《杜十娘》，是一部很老的电影了。拍这部电影的时候，何朵朵还没出生，现在这部电影被江南各个乡村的电影队反复放映，已经有好些年了，潘虹都已经演了《股疯》里的上海炒股票女人了。人变了，世界变了。城里人早不看《杜十娘》了，村里人还在看，何家村的人还很少能看到港台片,要看得去县城看。何家村看《杜十娘》最多的村民,看过八遍。何朵朵是看第三遍。夏天晚上无事可做,年轻人更喜欢去看电影,哪怕是看了又看的老电影,露天电影院有一种活气。村里的年轻人一边骂着又放老电影,怎么也不换点新鲜的片子来放呢,一边还是说说笑笑,三三两两地奔向最大的晒谷场,无非是借看电影的名义行社交之实。

明朝燕京名妓杜十娘与书生李甲相爱,自愿付钱给李甲为自己赎身。赎了身后,杜十娘随李甲乘船回浙江绍兴,天气不好,他们停泊在瓜洲渡口,后来杜十娘被负心人李甲卖给了富商孙富,得知一切后的杜十娘,悲愤之中打开了百宝箱,一件一件的宝贝,全都丢进运河里。珠光宝气,闪着闪着,沉到了水下。何朵朵以前看《杜十娘》时还太小,就看一个热闹。这一次看得投入,看得目瞪口呆,后来一直都记得,由衷地替电影里的主角心疼那些珠宝。她听到边上堂姐和她的女伴们叽叽喳喳议论:这么多啊,都扔进河里了,啧啧!有谁送我一个就好了。让阿强送你啊。一条珍珠项链。一个金戒指也好。阿强穷光蛋,金戒指送不起。让小钱送你吧。他白白姓钱了,一点钱没有,最多请我吃根棒冰。虎哥也是穷光蛋。哈哈哈哈,买不起金项链。她们也已经看过很多遍了,所以就一边看一边插科打诨。她们在笑,笑村里的穷光蛋小伙子。那些小伙子已到了求偶季,这些女孩子就成了追逐的目标。何朵朵听着也笑了,心想原来村里的男孩子都是穷光蛋。她想着姐姐竹儿,以后肯定会有人送姐姐金戒指,还有珍珠项链吧,一定的。那我呢?她朦胧地有一个念头:以后我要有一只百宝箱,哪怕里面只装着两三样好看的珠宝。

那时候她只知有杜十娘,不知还有更有名的杜丽娘。她才十一岁,又瘦又小。她母亲在村里开了一个小卖部,她父亲是村里的赤脚医生,被尊称一声"何医师",比普通村民有地位点。他给村里人打针配药,治个头疼脑热肚子痛拉稀等小毛病,主要给人拔火罐。何家村看不到海,但离海不算远,村里人身上总是湿气重,过一阵子就想着拔火罐。父母亲都还要兼做一些农活,家里还有自留地要种,总是很忙碌。何朵朵每年回家那些天,他们也总是在忙碌着。有时候有人来找她爸出诊,见到何朵朵,愣一下,然后反应过来:这是二丫头回家了吧。何朵朵听到,总是冷冷地看他们一眼,也不说话,管自己走开了。

后来再长大一点,回到父母家里,她爸还当赤脚医生。有时候村里人到她家来,见到家里三个孩子,就有人夸何竹儿：还是大丫头好看，快出落成美人坯子了。何朵朵装作没听见，但心理阴影就这样一次次地积累起来了。还有一桩委屈事，父母家有一只土狗阿宝，见了姐姐和弟弟各种讨好，直摇尾巴，见了她就乱叫，对她很凶。有一次她和外婆到家晚了，天已经黑了，阿宝扑上来就咬了她的裤管，还好没咬到肉，把她吓得直哭，等她爸从屋里出来，才把阿宝喊住了。阿宝是在给她下马威，她骂阿宝笨狗、癞皮狗，阿宝好像听懂了，朝她狂吠，好像在向她宣布它是这家的主人，而她不是。阿宝不把她当家人，这让何朵朵相当尴尬又相当生气。在她长大和阿宝老去的那些年，她和它彼此不喜欢对方，彼此不待见，以至于后来有一年何朵朵回父母家，发现阿宝不在，听说是出去游荡时，被村里闲人打死后吃掉了，姐姐和弟弟都哭了好几天，但何朵朵毫无感觉。后来何朵朵也喜欢不了狗，总觉得狗太势利，每年她回父母家时，阿宝是真忘了她还是故意把她当生人，始终是一桩悬案。她无法去问泉下的阿宝了，但总是像一根刺留在肉里，她连别人家的宠物狗看着也不喜欢。

十五岁那年暑假，因为晚上打手电筒偷偷看闲书，早上睡懒觉不愿意起床，她妈拖她起来，她不肯，跟她妈争了两句，她妈说，以后懒坏嫁不出去。何朵朵说，嫁不出去就嫁不出去，我为什么要起来。她妈说，女孩子太懒，以后婆家会看不起。何朵朵说，我才不要婆家，我就是要躺着。她妈一生气，说了句，做"鸡"的才整天躺着。何朵朵回嘴道，做"鸡"就做"鸡"，有啥了不起的。她妈就给了她一耳光。她妈脾气时好时坏，在家里也打过何竹儿跟何晓松两姐弟，但这两个孩子跟她亲，过一天就没事了。偏偏何朵朵就记仇了，就一整天不吃不喝不起床，谁劝都没用。她爸回来，了解了情况后，跟她妈说，这二丫头有点犟性子，又不在身边养大，你不要打她了。她妈说，这么犟，又没本事，以后可怎么办呢，真的去外头做"鸡"给我们丢脸吗？何朵朵在床上听到，愤而起来，匆忙收拾了简单的行李，步行了两公里，到了长途车站，正好赶在天黑前，坐长途汽车回了外婆家。

到了外婆家，何朵朵大哭了一场，外婆心疼，问朵朵受什么委屈了，一个人不管不顾地跑回来了。朵朵哭着说，我妈骂我长大要做"鸡"。外婆就说，你妈是个神经病，话都不会说，我们朵朵长大了有出息。朵朵又说，我以后不回去了，他们都讨厌我。外婆说，你这孩子犟脾气，其实你像你妈，你妈也是这样，当初她非要嫁去何家村，日子紧巴还给夫家生三个孩子，心里不快活，就要打骂小孩。

何朵朵问，镇上比何家村好，她干吗要去乡下？外婆说，她看上你爸了嘛，你爸年轻时候长得一表人才，性格也不错，就是家里穷点。外婆给朵朵做了一碗好吃的鸡蛋香肠青菜面，朵朵饿了，狼吞虎咽。晚上，朵朵睡在自己的床上，才安下心来，第二天，就找她在镇上的女同学们玩耍去了。直到考上杭州的幼师前，朵朵再也不肯回父母家常住，都是父母抽空到她外婆家住一两天，来看她和她外婆。

何朵朵二十一岁了。有个清早，下毛毛雨的天气，她拎个义乌产的玫瑰红行李箱，从父母的何家村踏上了长途车，沿高速公路进了城。三个多小时后，她到达杭州。进城的这一天，正好离看电影的那个十一岁整整十年了。那是她幼师毕业后的夏天，她已决意不回老家工作，要留在杭州碰运气。

她的行李箱里面有一只小小的"百宝箱"，这是她外婆的嫁妆，描花朱漆的木匣子，匣子上的花纹，是外婆出嫁那年最时兴的花鸟纹，枝头喜鹊纷纷闹的意思，如今箱子里面装的，只是一套齐全的化妆品：眼影、眉笔、腮红、口红、睫毛夹子、睫毛膏、假睫毛、唇线笔、粉扑，一样不少。

几年下来，何朵朵终于会讲杭州话了，只不过稍嫌生硬。在杭州见的人多了,她也能判断出自己的同类:说着跟她差不多的半吊子杭州话的女子,基本上是本省杭州之外的县里出来的,可她们有时候比杭州人更爱说杭州话。何朵朵进了城后,百般努力要做城里人,有了几个本地人小姐妹,努力跟小姐妹学说杭州话,一开始总归学不像。就是杭州人说得最多的"假各套"三个字,就说不地道。慢慢地,"假各套"说得越来越像杭州人了,"小姐妹""姑娘儿""敲会儿""官巷口""片儿川""耍子儿""疯婆儿"也说得有几分模样了,语言上有了归属感,于是心里也有了几分归属感。

如今何朵朵和何竹儿两姐妹都处于这个阶段,都在杭州,姐姐比何朵朵高端一些,是本科毕业生。在大学扩招的年代里,先是她的姐姐何竹儿考上了省里的一所二本大学,让爹妈在村里很是风光了一阵。何竹儿差点和村里的其他姑娘一样沦为打工妹,却在最后一年时间苦读,终于考上了大学,很务实地选了财会专业。那一年,何朵朵在镇中学读初中三年级,成绩中等偏上。

何竹儿的大学生涯风生水起,她出落得越来越标致,皮肤白,眼睛大大的,身材窈窕,任凭什么衣服上身,都是亭亭玉立,清纯可人。从大一开始,就有不止一个高年级的追求者,这些追求者家里都不是农村的,起码也是县城青年,家境也不错,老爹是县里的局级干部,或者家里开小工厂的。竹儿审慎观望,为了自己的骄傲,不想高攀那种让她觉得够不着的官家子弟,也不想找跟自己差不多的寒门子弟。大二下学期时,竹儿和高一届的系学生会主席沈波谈恋爱了。沈波成绩好,父母都是县城中学的教师,家世清白,就这一个独子,竹儿觉得正好,可以不卑不亢。大四那年寒假,竹儿就跟男朋友去了他老家过年。对方家长一见何竹儿,甚为满意,还包了红包给她。

少女何朵朵亲眼见着姐姐一步一步掌握她自己的命运。父母对姐姐比较重视,姐姐从小帮家里做事,帮着照顾弟弟,功不可没,如今姐姐拥有了把握自己命运的能力。从谈恋爱开始,沈波就主动将自己父母给的生活费挪出一半给竹儿,两人一起吃饭,一起自习,除了各回寝室睡觉,各上各的课,其他时间几乎形影不离,很像一对现世安稳的少年夫妻。

何朵朵在一种迷茫又自卑的情绪中度过自己的青春期。她长到一米五七就不再长个了,没有姐姐那么好看的丹凤眼,眼睛细而长,微胖,成绩也没有姐姐好,姐姐是考进了县城重点高中的。初中三年级,何朵朵挤着脸上的青春痘，揽镜自照，不免忧从中来。

姐姐考上大学的那年冬天，正值元旦，天上下着细细的雪。十六岁的朵朵坐上长途车，又走了几里路，从外婆家到了父母家里。她父母见负气回外婆家不肯回来的二女儿突然回来了，说了一句"来啦"，就不敢再说话，只小心翼翼地用目光询问她的来意。朵朵发狠道，我也要上县城高中，一定要上。上县城高中除了得分数过关，比在乡村中学花费也更多。她父母到底是良善人，自知家里就欠这二丫头的，加上那年种橘子丰收，就送她去县城读高中了。

后来何朵朵考上了中专幼师，学校恰好也在杭州。这样，她就时常有机会跟姐姐和她的男朋友沈波在一起玩了。姐姐像个好的领路人，可是朵朵又觉得自己再用力都赶不上姐姐，就像她的身高，就是要比姐姐矮一大截。一晃几年，姐姐毕业了，在杭州求职，很快找到了工作，在一家开发区的公司上班。姐姐收入不高，工作刚起步时也很辛苦，和男朋友沈波两个人加起来，到手也就五六千块工资，但毕竟，两个外地青年在杭州扎了根。因为彼此的需要，或者说也迫于在城市生活的压力，何竹儿一毕业就和沈波同居了，老夫老妻那样过起了日子，上班、下班、买菜、洗衣、晒被、做饭。双方父母虽然觉得未婚同居不太好听，尤其是姑娘家的父母，觉得女儿吃亏了，以后会被婆家看不起，但那一点道德观念，在强大的开销现实面前，也就变成了识时务。从小伙的父母方面来想，未来媳妇已是煮熟的鸭子，儿子也好省下不少约会的钱，毕竟外来年轻人在杭州，居大不易。

何朵朵在杭州上了三年幼师。三年过得太快，稀里糊涂地，和一堆跟自己差不多的小地方来的女孩子混在一起，一眨眼就毕业了。她不肯回三门老家，找个幼儿园工作，老老实实当一名幼儿教师，再在县城找个条件好点的男人嫁了，这不是她要的人生。她从小心气就比别人高。她看着镜子里面的姑娘，圆圆的脸，苹果肌饱满，额头亮亮的，头发是乌黑油亮的，笑起来明眸皓齿，只是个子矮了点。她穿上八厘米的高跟鞋，举起双臂伸展着，她想长高，可是等到十九岁再想办法长高，已经错过生长期了。她悄悄把仅有的一点钱花在吃生长激素营养类保健品上，吃了一年，发现一点用没有，还长胖了。何朵朵知道自己没这个经济条件再吃下去，只好放弃了，身高定格在了一米五七，是家里最矮的。个子长不高，人也要攀高。她的野心要实现，必须待在杭州，或者更好的地方。她决意留在杭州找机会。当时何竹儿已经大学毕业了，在杭州工作。姐妹俩都到了杭州后，一改小时候的别扭关系，变得越来越亲密。何竹儿和沈波的工作单位都在城北，就在城北租了一个一室一厅的房子，还有客厅空着。何朵朵离开学校后，就没地方住了。结婚之前，凡事基本上都是何竹儿做主，姐姐就做主，收留了妹妹。在小小的客厅里，有张七八成新的沙发床，一铺开来，晚上就是何朵朵的床。何朵朵蜗居姐姐的客厅，第一晚就睡得香甜。醒来后伸了个懒腰，笑说，比我小时候回何家村睡的钢丝床舒服多了。何竹儿说，那你就住着吧，我们正好做伴。

于是何朵朵在这个城市除了集体宿舍之外，有了第一个栖身之地。

姐妹俩回到家后，时常一起弄吃的，沈波负责洗碗。炒煎煮炖，学习菜谱，过起小日子来。夏天的时候，竹儿最爱丝瓜，每次烧的都是丝瓜笋干，不是炒就是汤，或者就是丝瓜炒蛋。朵朵最爱茄子。她自己发明了一个菜，把肉末虾皮等塞进茄子的肚里，在饭锅里蒸起来，味道相当不错。追溯起来，原来爸妈家门前有丝瓜架，每次都是竹儿去摘的丝瓜，小时候够不着的时候，搬一张条凳去摘。外婆家后园，也有块小自留菜地，种了茄子和番薯，朵朵喜欢茄子的紫色，也喜欢吃番薯。后来发现番薯吃多了屁多，朵朵就不再碰番薯。偶尔，秋冬天街上路过烤红薯摊，还是会眼馋，买回来，跟姐姐分食一个。然后姐妹俩讨论怎么不让人知道是自己放了屁，两个人就笑得很开心，有时快乐就这么简单。她们总是一边做饭，一边就各自说起童年来。何竹儿好奇妹妹在外婆家的生活。竹儿说，家里也没什么好的，从小要干很多活，还得照顾弟弟，没准还是你在外婆家舒服。朵朵说，现在我也不稀罕了，外婆对我挺好的。我就是太野了，没好好念书，只考了中专。竹儿说，爸爸确实说过，农村女孩子家，考不上大学，只能去打工。竹儿还听父母说过，村里有女孩子出去南方打工，过年时回来，打扮得很洋气，带很多礼物回家，给父母钱，八成是去做"鸡"了，村里总有人议论那钱来路不明。竹儿半懂不懂地问，怎么就看得出是做"鸡"了？她爸说，有风尘味了，大人都看得出来。她爸毕竟是乡下赤脚医生，有点文化，说得出"风尘味"这个词。何竹儿私下琢磨着半懂不懂的"风尘味"，心想女孩子是不能有风尘味的，有了风尘味，就会被人议论，被人轻看。一点点长大后，何竹儿就不怎么跟别的女孩子男孩子出去玩了。

　　下厨时，竹儿什么菜都喜欢丢进砂锅里，炖个靓汤。

她买来各种笋,毛笋、鞭笋、春笋、冬笋,还有晒干了的笋干和腊笋。有了笋,竹儿的汤就有了灵魂。沈波上班辛苦,回家吃姐妹俩烧的饭菜,吃着吃着,重了三公斤,脸色也红润起来。姐妹俩的气色也越来越好。在这个小空间里,何朵朵仿佛是多出来的那一个,又不像是多余的。她嘴甜,时常叫沈波"姐夫"。她起到了润滑的作用,也激励着姐姐姐夫往好里表现自己。三个年轻男女,各有各的表演欲。姐夫的眼前,是一双姐妹花,多了几许莺莺燕燕。姐妹俩在厨房忙活时,发现对方的手都有点粗糙,就彼此疼惜起对方来。两双手说明,姐妹俩无论在哪个家里,从小都是干惯活的,跟娇生惯养、十指不沾阳春水完全沾不上边。乡下女孩子,从小就要干很多家务,有时还帮大人干农活。竹儿说,弟弟的手最细皮嫩肉,他在家里才是宝贝疙瘩,除了读书啥也不干,爸妈从不喊他干活,更别说下地了。朵朵就买来她认为最能保养手的护手霜,说是从朋友那里拿的批发价,很划算。晚上闲下来了,一边看电视,一边给自己和姐姐的手抹护手霜,轻轻按摩。又买来橡胶手套,要姐姐和自己一样,以后干活时戴上手套。有一天竹儿下班回来,跟朵朵说,今天中午在食堂吃饭,有个女同事跟我说,你的手很白嫩啊,都不像是在农村长大的。朵朵笑道，有人夸你了吧，看来女人还是要学会保养。竹儿笑道，我自己一点不懂这些，幸亏有你。朵朵说，女人的手和脸一样重要，都是门面。竹儿领悟。

何朵朵的美容经很多，又在姐姐家自制黄瓜水面膜。整过米醋黄瓜水，姐夫回来，闻到客厅里的空气中有奇怪的酸味，说怎么屋子里有股怪味道，于是米醋黄瓜水被淘汰出局。朵朵又将纯黄瓜水过滤后，装进用过的化妆品瓶子里，很像么回事，抹脸上手上，感觉也不错。她又从淘宝上花几块钱，买来一百粒面膜纸球，给竹儿演示，怎样将面膜纸球浸透了黄瓜水，打开了敷到脸上去，说这样可以比直接在脸上涂黄瓜水吸收得更好。过了十五分钟，让竹儿揭下了面膜。竹儿说，现在感觉我的脸真的很光滑。朵朵说，我们DIY可以省不少美容钱。竹儿说，你可真是会动脑筋，瞧你这些方面比我聪明多了。朵朵笑说，你会读书呀，奇怪我读书就是读不进，倒是挺喜欢琢磨这些的。竹儿说，我有个预感，你以后肯定比我会赚钱。朵朵笑了，是吗？我真希望能多多赚钱，我现在最缺的是钱。竹儿说，我跟沈波也很穷，只能穷开心。何朵朵说，姐姐不用太愁，你呢，没准将来是个官太太，局长夫人？竹儿说，我可不知道，一切都顺其自然吧。姐妹俩一块儿说笑，祝竹儿以后成官太太，朵朵以后当富婆。这对姐妹花相处下来，彼此看到了对方身上更多的优点。

几个月后，姐妹俩一起照镜子，都觉得脸上皮肤比先前更滑腻。竹儿眼角，先前有几丝细鱼尾纹，也不见了。又伸出手来比对，果然比起从前的粗糙，如今两双手已经有了细皮嫩肉的模样。何竹儿的手，细瘦纤长。何朵朵的手，肉嘟嘟的，娇小柔软。她跟姐姐说，女人的手很要紧，不能让人看起来就是干活的命，要越娇贵越好。竹儿大笑，说，我们也成不了贵妇人啊。朵朵说，没准你哪天就成官太太了呢，手也很重要啊。竹儿说，我的手看着没你的小肉手有福气啊。姐姐说她的手有福气，朵朵听了高兴，便暗自憧憬起福气来，也不知自己会有什么样的福气呢。

在这样紧密的相处中，姐妹俩补上了小时候没有在一起长大的空白，感情越来越好了。竹儿惊讶，除了没有自己会读书，妹妹好像在其他事情上比她懂得更多，说起来一套又一套的。在衣着打扮上，何竹儿本来只会读书，靠天生丽质，清丽朴素，如今妹妹把她调教得越来越好看了。每次妹妹带她去市场里买衣服，总能挑到那一件又好看又便宜的。

何朵朵正在学化妆，时常拿何竹儿的脸当试验田，细致地给姐姐化妆，何竹儿那时齐耳短发，五官细巧，只要一化上淡妆，就显得更加眉清目秀。何朵朵说，你化妆后的样子，有点像明星高圆圆。姐夫也惊为天人：竹儿，你看起来太美了。又补一句：我以为高圆圆大驾光临了。何竹儿笑，怎么你俩都说像高圆圆呢，我哪有高圆圆好看。何朵朵说，美人也是要靠装扮的，大明星卸了妆，没准都没姐姐你好看。姐夫说，那倒是的。看来我得努力赚银子，不然对不起竹儿美人啊。何朵朵看见，姐夫眼睛里燃烧起火来。过一会儿，电视连续剧结束了，竹儿起身，自觉地关了电视机，和姐夫回卧室去了。何朵朵回到自己的沙发床上，熄了灯，这一天算是落幕了。再过一个小时左右，何朵朵就能在迷迷糊糊中听到姐姐压抑的娇喘，她担心姐姐会不会懒得起来，脸上的妆容留着，隔夜妆会有损皮肤，她又不好意思说出口。反正每次给姐姐化完妆，当晚就能听到姐姐压抑的娇喘声。里面的两个人或许不知道，这种老房子隔音非常不好。何朵朵迷恋这压抑着的声音，希望姐姐的声音能不时在这屋里的静夜响起，这声音也仿佛安慰了她，于是就更殷勤地给姐姐化各种妆容。

一天早上，竹儿和朵朵在客厅一起做早餐。朵朵悄悄说，以后晚上别忘了卸妆，隔了夜对皮肤不好。竹儿脸一红，嗯了一声，面若桃红，竟说不出话，就默默地打鸡蛋做水蒸蛋。她见姐姐情状，也呆了一呆，心想自己不知何时能像姐姐那样幸福。

二　芭比娃娃

女大十八变，何朵朵摇身一变，成了朵小姐。

当时有个幼师女同学玫英的堂哥，名叫沈伟国，正热烈追求朵小姐。伟国人长得瘦小精干，家在义乌，高考落榜后就跟着父母做玩具批发生意。伟国比朵小姐年长，经验也丰富，在杭州龙翔桥小商品市场有个固定摊位，这也是他父母给他练手的机会，想看看他独立做生意的能力。伟国雇了个伙计守摊，所以自己的时间很是自由。

朵小姐和伟国认识也有好几年了。第一次见面，正逢农历四月末，朵小姐二十岁生日，想晚上和几个同学一起出去撮一顿，但她其实也心疼钱包，知道哪怕请客了，同屋的那几个精打细算的女生,也不会送什么像样的礼物给她。可生日不过一过呢,又觉得枉度了一年的青春年华。这天下午四点多时,朵小姐正在盘算请同学们去哪里吃,正巧同屋女生玫英的堂哥沈伟国来找她玩。朵小姐的床铺,就在玫英的对面,于是就跟伟国面对面坐着。朵小姐能感觉到伟国老是拿眼睛的余光看对面的她。玫英开玩笑说,今天我们朵朵是寿星,她等会儿要请我们一起出去聚呢,看何朵朵肯不肯带上你。伟国听说正巧赶上了何朵朵的生日,当即表示,晚上由他来请寝室全体女孩子吃饭。

女生们个个是馋猫。平时为买衣服就省饭钱,吃得清汤寡水,朵小姐为买一双白色高跟鞋,曾吃过十天的酱油拌饭,再在学校食堂打一点免费青菜豆腐汤就对付了。晚上老是肚子饿,就买校食堂最便宜的麻花当点心备着。听说伟国请客,女生们个个雀跃。于是接下来的时间,女生们一个个开始盛装打扮,一堆廉价化妆品的盒子在大桌子上摊开,东西借来借去地忙了一通,衣服则零乱地堆在床上,试衣服时,就放下床帘钻进床上。伟国坐在玫英的床边,面不改色,也不觉得无聊,有一句没一句地和女生们闲聊。闲聊中,他搞清楚了每个女生来自哪里,都是浙江的各个县里。其他六个女生的脸,都被朵小姐拾掇了一遍,因为同屋女生中，就数她化妆最厉害，她也最懂得搭配衣服。好不容易，七个姑娘整饬完毕，裙裾飘飘地跟着伟国出了门。说笑间，四个姑娘坐进了伟国的车，另外三个姑娘坐校门口的公交车，说两站路就到了。玫英和朵朵都在伟国的车上。坐在副驾驶座的玫英问伟国，我们好看不？伟国说，个个好看啊，年轻就是好看。玫英说，今天我们七朵红花烘托你一片绿叶。伟国说，我就甘当绿叶，今天朵朵才是最耀眼的那朵花啊。

她们去了拱宸桥边一个靠河的餐馆，不一会儿，坐公交车的三个女生也到了。那天晚上，众人兴致高昂，饭毕，伟国又领姑娘们去附近娱乐城唱歌，蛋糕是伟国在浮力森林现买的，很大的一个。在KTV包厢里，娇艳欲滴的朵小姐在大家的欢呼声中吹灭了二十支蜡烛。姑娘们起哄，问她许了什么心愿，伟国在边上说，这可是人家的秘密啊，不能说的。朵小姐笑着，大声说道：祝美女们年年有今日，岁岁有今朝。包厢内烛光闪烁，加上伟国共八个人，伟国在脂粉香中晕晕乎乎，东倒西歪，一时颇有英雄的自豪感。伟国一个个地请姑娘们跳舞。那时候，交谊舞在年轻人中早就不流行了，但包厢小氛围好，伟国提议大家别都坐着了，一个人唱歌的时候，其他人可以跳舞。唱慢歌情歌的时候，伟国就拉起一个姑娘搂着跳，其实就是一起挪动步子。午夜时分，最后一曲由朵小姐选，她选了《友谊地久天长》，于是姑娘们都站起来了，组了四对舞伴，伟国请寿星朵小姐一起跳。伟国贴着朵小姐跳，朵小姐也就让他贴着了，有时候胸都碰到伟国了，她想往后缩，伟国又搂紧一点，于是朵小姐就干脆软软地靠着伟国跳。等包厢里所有的灯重新亮起来，大家起身穿衣服拿包，都还意犹未尽。有人提议，下次谁生日，玫英哥哥你再来请我们玩噢。伟国痛快地答应了。

这个生日让朵小姐十分兴奋，但她私下又盘算着，伟国可能这一晚为她的生日花掉了上千块钱，这个第一次见面的玫英堂哥真是挺大方的。从出生起，她就是家里多出来的那一个女娃，从来没有这样隆重地、痛快地过过一个生日。朵小姐只知道自己的农历生日，每年生日也只有她外婆记得，会给她下一碗肉丝榨菜面，面底下埋一个自家鸡生的蛋。十三岁生日起，鸡蛋变成了两个。仅此而已。

一星期后，朵小姐收到一个包裹，打开来看，是一个有点像玛丽莲·梦露的芭比娃娃，金色的鬈发，金色的卷卷的眼睫毛，大大的眼睛，细到不可思议的腰，粉紫色蓬蓬长裙，漂亮极了，像梦境，像童话。这种芭比娃娃，从前她只在商场精致的橱窗里见过，知道要好几百块一个。此情此景，仿佛《蒂凡尼的早餐》中的奥黛丽·赫本路过高级百货公司，瞻仰着冰冷橱窗里的珠宝，又是感喟又是遐想。朵小姐做梦都想长成芭比娃娃的那种相貌，哪怕有两三分相像也好。芭比娃娃是沈伟国送的，说是给朵小姐"补一个生日礼物"，这样才完美。朵小姐心里打了一下鼓。她本对玫英的堂哥没有特别的印象，他只是她生日这一天的黄衫豪客。收到这芭比娃娃，又觉得奢侈得虚无，要是从天而降买芭比娃娃的这一笔钱，朵小姐宁愿去换回两件可以穿上身的漂亮衣服。朵小姐打开礼物的下午，玫英不在寝室，但其他三个女同学在寝室，大家一阵惊呼，连说漂亮，问是谁送的礼物，朵小姐吞吞吐吐，说不太清楚，包裹上没有写名字。

那一晚，朵小姐抱着紫姬芭比在被窝里一起睡觉，静静淌下一行泪来。伟国一定也没料到，这个礼物不过是义乌小商品市场的高仿货，对他这个家里做玩具生意的商人来说，不过是少卖一个货物而已，小小东西，却能让他眼中娇艳欲滴的何朵朵落下泪来。

朵小姐毕业前，伟国又来过她们寝室两三次，名义上是来看堂妹子玫英，其实司马昭之心，路人皆知。后来玫英知道了芭比娃娃的事，猜到八成是堂哥伟国送的，心下不爽。除了最初的那点感动，朵小姐对伟国也没特别的感觉。伟国人长得不帅，一看就不像大城市的人。加之那时朵小姐和玫英的关系别别扭扭，彼此生着无名闷气，人心隔肚皮，虽见伟国来了，还是坐在自己对面，但朵小姐稍微寒暄几句，就背上书包，借故去教室夜自修了，惹得伟国很觉无趣。坐了一会，给了玫英一点零花钱就起身走了。朵小姐在熄灯前才回到寝室。第二天和寝室里最要好的女同学一起去教室上课，一路上，那个女同学说，昨天玫英的堂哥应该是来找你的吧，你怎么就走了。朵小姐连忙说，他找玫英的吧，找我干吗。女同学说，都看出来人家对你有点意思呢。朵小姐说，不会的，你们想多了。女同学说，不知玫英是怎么想的。朵小姐骄傲地说，我才不要呢。此后到她们毕业了，伟国也不曾再去过她们寝室。

　　幼师毕业后，玫英回了原籍义乌，听说玫英家里是做皮革生意的，这几年钱赚得很多，她很快就跟当地一个生意人的公子定了亲，也不上班了。伟国听说朵小姐还在杭州，觉得自己的机会来了。断联了将近一年后，朵小姐接到伟国的电话。伟国说，何朵朵，是我呀，我是沈伟国，还记得我吗？朵小姐惊讶，就说，怎么会不记得呢？你怎么找到我的。伟国说，我问玫英要到了你的电话。朵小姐说，玫英呀，她怎么说的。伟国说，没怎么说，说你毕业后在杭州呢。朵小姐客气道，玫英怎么样，我们不太联系。伟国说，她现在马上要嫁人了，正忙着呢。朵小姐笑道，她可不希望你来找我玩呢。伟国笑笑说，她才不会管我呢，我爱找谁玩她管得着吗？你们女孩子，就是小心眼。朵小姐说，我不小心眼。你上次又请客又送礼的，我很感谢啊，应该回请你的。伟国说，那好啊，我等你约我。朵小姐说，那改天吧。伟国说，改天是哪天，夜长梦多的，要不还是我请你吧，你以后有机会再回请。朵小姐笑了，说，你这人真是有趣，我想找一个休息日，什么叫夜长梦多的。伟国也笑，说，我读书时语文不好。

到了周六，朵小姐再次在杭州剧院门口见到伟国，伟国衣着比以前讲究了一些，人也白净了一些，还是瘦瘦的。伟国恭维，女大十八变，朵朵你又变漂亮了。朵小姐说，我才不信你的鬼话。伟国说，真的啊，我没骗你。两个人吃饭的时候，伟国肆无忌惮地盯着朵小姐看。朵小姐嗔道，你怎么老盯着我。伟国说，真的，你变得更好看了，情人眼里出西施嘛。朵小姐说，你这么油嘴。伟国说，我真心的。

吃完饭后,他开车带她到龙井村一带兜风,后来他在杨公堤一座桥边的空地上停了一会车,两个人下了车,走到湖边的木栈道上,看了一会儿西湖,他给她拍了夜景中的照片。她说,这会儿光线太黑了,拍不出来效果的。他说,下次白天来好好拍。晚上十点多,他送她回她姐姐的住处。送到楼下,趁四下无人,就揽过她来吻了她。朵小姐猝不及防地被伟国一吻,居然感觉也不讨厌,他湿湿的舌头吻得她的心脏跳起来了。她脑子都不会转了,迷糊地想,伟国很懂得接吻。朵小姐挣脱了,佯作恼怒道,你猴子啊。伟国放开她,笑道,你是怪我猴急猴急的,男人嘛,都这样,你可得当心点。朵小姐说,我当心什么,我又没男朋友。伟国又去亲朵小姐的脸,说,这一年我老是想起你,还好你没男朋友。朵小姐说,骗人谁不会。伟国说,乖,我真不骗你。我这几天要回义乌一趟,参加玫英的婚礼,过几天回杭州再来看你。

朵小姐点点头,下了车,心里七上八下的。心想,自己是不是已经成了伟国的女朋友了?心里又有所抗拒,觉得伟国比自己年龄大很多。又想起伟国说要参加玫英的婚礼,玫英居然没有请她这位幼师同寝室的女同学参加婚礼,她们不在一地也说得过去。可能最重要的是,玫英不喜欢她，也瞧不上她。

几天后，伟国回了杭州，打电话给朵小姐说，还要忙点事情，他爸妈这几天也在杭州，等过几天再去看她。朵小姐心里有些失望，就这样被伟国晾了十来天，既没有电话，也不见人影。朵小姐心生怨念，原来伟国也是跟她玩玩的。她忍住了，没给他打电话。心想自己也没有那么喜欢伟国，却又常回想起伟国咬她嘴唇的那个吻。

二十天后，伟国出现了，请朵小姐到武林门的小馆子吃饭，又送了她全套的化妆品，可伟国态度似乎比往常严肃了些，这次约会也没有主动吻她。晚上十点不到，就把朵小姐送回去了，倒是朵小姐自己有些意犹未尽。伟国出手总是大方，这是让朵小姐心动的地方。

这时伟国三十二岁，已经正式到杭州发展了，在拱墅区半道红租了两室两厅的房子住。开着一辆轿车，半新不旧的。朵小姐不懂车，也弄不清车的价值。她对伟国时有感动，时有惦记，又一直不太起劲，总觉得伟国缺少点男子汉气概，整个人看起来，有一种说不清的混浊杂乱的气息，这种气息可能来自义乌小商品市场。相比她清秀儒雅的姐夫沈波，伟国逊色太多。

但是她仍然身不由己，跟着伟国一趟又一趟地出去约会了。有时一起去吃饭，有时一起看电影，有时去银乐迪唱歌，唱歌的时候，有好几个伟国的朋友在场，伟国也不说朵小姐是他女朋友，只说是一个小妹妹。她坐在伟国的轿车里，跟他出去玩，有吃有喝，可以聊解在杭州的寂寞。不然她除了姐姐姐夫，在杭州就没有别人可来往了。她喜欢从车窗玻璃看出去的都市夜晚。后来她才记住，伟国那辆灰色的车叫帕萨特。

伟国说得最多的话，是刚学的半吊子杭州方言：朵朵，我带你耍子儿去。

朵小姐在杭州一家私人幼儿园干了一个学期，工资不高，她感觉跟做保姆差不多，很快累得不行，又在幼儿园学生的家长那里受了气，就不想干了。一时也没有她看得上眼的男青年出现，在伟国的鼓动下，她从幼儿园辞了职，就跟着他在龙翔桥做起了玩具生意。

她私心希冀着姐姐姐夫的朋友圈，最好能有不错的单身小伙子，姐姐姐夫能够带到他们的出租屋一起玩，顺便介绍给她认识，但是渐渐地就有些灰心。见过了几个姐姐姐夫的男同学，有一个还在银行工作，长得也帅，可是没有相中朵小姐；要么长得矮或丑的，倒是对她有意，可朵小姐看不上他们。她看得上的，似乎把她这个非本科生排斥在择偶范围之外了，而且有姐姐这个标准美女在边上，非典型性美女的妹妹就被比下去一截。朵小姐心里不高兴，嘴上只怪爹妈把她生矮了，让她在人群里泯然众人。

朵小姐在蹉跎中，渐渐就死了心，预感到自己不可能有姐姐的命好，她家就出了姐姐这么一朵牡丹花。她呢，出生后名字是外婆给取的。生下来时是六月的夏天，村里池塘里荷花开了，粉白、粉红，荷叶上滚着一颗颗的水珠子，这是何家村司空见惯的夏日小景，朵小姐的爹就随口说了个名字：就叫荷花吧。还是外婆精细，毕竟已是八十年代初，外婆听说如今乡下的女孩子都不作兴叫什么花了，于是上户口时，就改名叫何朵朵了。

朵朵倒更像夏天村庄小河边的石榴花，开花时，石榴花红艳艳的，也蛮好看，但和牡丹在一起，石榴花就不怎么起眼了。

三　香格里拉

朵小姐和伟国合伙做玩具生意，很用心，人也不笨，慢慢地，就有了一些固定客户。

伟国在她身上付出得多了，请客送礼物，朵小姐自知一点不让他沾身是不可能的。但这是朵小姐的初恋吗？跟她读的那些言情小说里的恋爱完全不一样，伟国一点都不像是白马王子，于是她心里又不愿承认。伟国有一阵子不约她，好像很忙的样子，似乎从她的生活中抽离了，她不能确定伟国是不是还跟别的女性在交往。伟国也从来没有正式说过，何朵朵是他的女朋友。

她在杭州漂着，身心是寂寞的。骑驴找马，她默许了伟国的亲狎，却不肯让他突破她最后的堡垒，说农村的女孩都这样，必须留给当她丈夫的那个男人。否则爹妈知道了，气她给家里丢人，要不到丰厚彩礼，就不会给嫁妆。伟国被她这一说唬住，不敢进一步造次了。他心里知道何朵朵心气高，又比他小了将近十岁，并不想跟他的，她都不肯承认他是她男朋友，只说是好朋友、生意伙伴。何朵朵平时爱说我姐夫怎样怎样，伟国听着，好像何朵朵有这么个未来的精英男人当姐夫，连她也变得高不可攀了。他们互相斗法，她一自抬身价，他就晾她一星期不找她。再去找她的时候，她明显有些寂寞的怨气，要他哄她才好。无人时，伟国就把手伸进她的衣服里，朵小姐又气又羞，挣扎几下，过一会儿似乎就乖了。

有一天，伟国打电话给朵小姐说，今天是我生日，请你晚上去吃香格里拉的自助餐。朵小姐从未去过香格里拉这么高档的地方，她在杭州的日子，遇上姐姐和姐夫庆生，也就是去肯德基热闹一下。去必胜客的那次，也是姐夫工作表现好，单位发了年终红包，加了工资，才升了级。听说伟国要带她去香格里拉，朵小姐也高兴起来，想着一定要打扮得漂漂亮亮地去。下午关了店门，朵小姐好好化了个妆，穿上一件深V领的粉红色短款雪纺连衣裙，八厘米高的白色高跟鞋，这一身行头虽然都是便宜的小商品市场货，到底是新的，衬得年轻的姑娘面若桃花。

伟国那天也刻意修饰了一番，理发剃须，还用了男士香水。伟国夏天常穿那种条纹模糊的T恤衫，这天却换了件干净的白色短袖衬衫，深蓝色的西裤，看起来比平时要年轻几岁。伟国开着帕萨特接上朵小姐，一见面就夸她"朵美人"。朵小姐笑了，主动挽起伟国，款款走进了香格里拉。

他们吃了一顿愉快的烛光晚餐，朵小姐用余光扫视周围桌子边的男女，也都是推杯换盏，灯火阑珊，还有两桌是外国男女。女人走过身边都香香的，座位边放一只小小的坤包。她们衣着讲究，吃得不多，大约吃个半饱，就拿起坤包，去卫生间补妆，抹口红。回来再用小盘子装小蛋糕，只拿两小块，用小勺子小口小口挖着吃，很斯文。朵小姐感觉自己就像在梦里，各种好吃的，牡蛎、鲍鱼、北欧刺身，让她味蕾大开。她偷瞄别人，也不好意思多拿，但伟国生意人本色，鼓励她多吃点，说吃得越多越划算，宁愿明天断食一天。这正中朵小姐下怀，索性放开了吃，第一次品尝了那么多的进口海鲜。

伟国说起，父母准备给他在义乌买套大房子，希望他以后回义乌接手家里的生意，杭州的生意，就随他做成什么样，不打紧的。还说他明天就要回义乌几天，去看房子。但朵小姐听得不甚在意，她打定主意要扎根下来的城市是杭州，对义乌的长短提不起兴致。伟国见她事不关己的样子，就说，朵朵，你好像一点不像个农村出来的女娃儿，大概还在幻想当贵妇人吧。朵小姐气道，那又怎么样？我又不是你女朋友。伟国说，是不是我女朋友，你说了才算，我说了不算。朵小姐说，我只知道你是我老板。

现在坐在高级餐厅里的朵小姐虽是乡下妹子，可从来不觉得自己是打工妹中的一员，也从来不觉得自己的命跟那些村里的打工妹会有什么关联。姐姐何竹儿那种务实的品性，何朵朵好像学不会。她就是不实际，不知天高地厚。伟国也这样说过她。但伟国明知道何朵朵这女孩子虚荣得很，却又忍不住，总是被她吸引，想要讨好她。他自己也说不清何朵朵除了娇小的梨形身材和妩媚可爱的脸蛋外，还有什么地方打动他。

酒足饭饱，从香格里拉出来，伟国说还有节目，于是开着他那辆半新不旧的帕萨特，从西湖边一直开到江边兜风，听着流行歌曲，那时候朵小姐的感觉仍是惬意的。不知不觉中，车已到了伟国半道红的出租房楼下。朵小姐跟着上了楼。伟国在门口掏钥匙准备开门时,就揽着朵小姐的腰肢,又轻轻咬了下她的耳朵,一股热气吹进耳膜,痒丝丝地钻心而入,说不出来的迷乱。伟国一进屋子就倒在床上,说:人生啊,真想今朝有酒今朝醉。朵小姐斜了他一眼。伟国说,朵朵,哥哥我喝不喝都是个醉。朵小姐笑了,说,你今天是寿星,醉了就醉了。伟国求道,朵朵,今天留下来陪我。朵小姐说,不要,我姐姐会担心我的。伟国说,就跟你姐姐说,今天出差了。朵小姐说,那怎么行。伟国说,你走了我不高兴,我会寂寞。朵小姐不响了。

以前朵小姐也来过几次伟国的出租房,她总是有防备之心,怕伟国强夺她的处子之身,不敢久留,她都没进过他出租屋的卫生间。这次进了屋,见屋里收拾得倒是比平日整洁,并没有到处乱扔的脏衣服和烟蒂,还有空气清新剂的柠檬香味,看来伟国是有准备的。伟国拉朵小姐坐在床上,又借着酒兴,手从朵小姐的裙子V领处往下探,伟国瘦筋筋的手,不能把住朵小姐不算小的乳,又不愿意松开,弄得朵小姐感觉身体的某些地方膨胀起来,那乳房好像也在一点点变大。伟国笑说,是不是吃了好多海鲜?朵朵说,是呀,我专吃海鲜了,不是要把你付的钱都吃回来吗?伟国一边动手一边笑,说,等一下你就知道了。

这时她心里是矛盾的。她知道一个女孩子若用身体打天下，也就那么几年光景，如今她的身体姣好，却又没有别的什么人可托付，岂不白白荒废。眼前也只有伟国对她认真在意，他为她花了不少钱，她不如也想得开一些。朵小姐这时好像也闻到了伟国身上的海鲜味道，他身上的味道混着香水味，既诱惑又讨厌，她本能地想躲开，伟国就说，朵朵，你认命吧，你不伺候哥哥还伺候谁呢？

朵小姐娇声道，为什么我要伺候你呢？

你刚才是不是吃了牡蛎？

吃了呀，吃了好几个。

吃了牡蛎，你就是我的人了。

怎么可能？吃牡蛎就成你的人了？

你小姑娘还不懂，哥哥来教你就懂了。

朵小姐噘起嘴来，半是撒娇半是傲娇。伟国笑道，朵朵，我最了解你了，朵小姐，朵公主，你只有嫁我，才会有福气。

朵小姐第一次听伟国说要自己嫁给他，心里小小地满足了一下。又噘了下嘴，反问，你怎么知道，我只有嫁给你才有福气？伟国说，我会看人，其实我很知道你。伟国的这番肺腑之言，对朵小姐是起了作用的。伟国可以看见朵朵一瞬间有些伤感又有些哀怨的表情，这弱女子低伏的模样，更激起伟国从未有过的猛浪，今天他得让事情有个结果，是的，结果。他决定不管不顾了。他亲吻她。他最喜欢的，就是何朵朵这种有肉的小丰满身材，这小女人半歪在床上，半眯着眼，有性感的慵懒，这身体又这么年轻饱满，二十出头，水灵灵的新荷，皮肤光滑得打滑。她乌黑油亮的长头发散乱地遮了半张圆脸，脸上的妆容还在，却不像几小时前精致了，夜晚来临的时候，正给人可以破坏的理由。

伟国的呼吸粗重了，手大胆蹿到朵小姐丰满光滑的屁股，简直如获至宝，脱口而出：白宝宝，白朵朵，叫得朵朵一羞。干瘦的伟国碰到微胖的朵朵，他要她的欲望是那么强烈，那会儿要他当她的仆人，当她的狗都行。

朵小姐未曾预料到，一向能忍的伟国今晚的求欢是那么猛烈，这一次，他跟从前每一次克制的、小心翼翼的求欢都不一样。以前她在他面前是女王，叫他到哪一步停，伟国都是听话的，因为他不敢真正造次，还下不了摘了这朵花的狠心，于是朵小姐心里又嫌他猥琐。自从和伟国厮混之后，就在不喊停和喊停的游戏中，朵小姐的身体是不寂寞的，也渐渐领略了男女之事。她发现自己其实是蛮在意感官享受的,这或许是从小缺爸妈疼爱搂抱的一点补偿吧。

她听到伟国在她耳朵边说了句什么,好像是,你知道芭比娃娃脱了衣服是什么样子吗?就是你这小荡妇的样子。这句话在放肆中又有几分浪漫,她想到他送给她的芭比娃娃。脱下衣服,娃娃那横陈的样子,一阵酥麻,忽然有了强烈的反应,那一刻,她觉得自己就是芭比娃娃,就闭了眼,把身体展开了,随他去了。

暴风雨过后,两个人相拥着,安静了一会儿后,朵小姐走进浴室。关门的时候,忽然就看到门背后有一双已经晾干了的肉色女士长筒丝袜,顿时心寒,像一下子跳进了冰窖里一般。伟国在她的裙子上留下了污渍,她正打算洗干净,不料却窥破了伟国的私生活秘密,这转折来得太快:连完整的一夜都不曾甜蜜过。

他还有别的女人,并不像他说的那样,全心全意在她身上。她不知道他是故意给她看到要她嫉妒,还是太大意了。

朵小姐洗干净裙子,带着一大片湿渍回到房间,边狠狠地吹电扇,边质问伟国说,门背后的袜子怎么回事?

伟国茫然道,什么袜子?

她让他自己去看。他回来时像没事人一样，说，你扔了就是，我忘记扔了。

朵小姐问，这是谁的？

他说，你别问了，反正你不认识。我都是三十多岁的男人了，这有什么稀奇。

朵小姐气道，你不要脸！那干吗追我？

伟国说，我以前有女朋友，因为你才下决心分手了。

朵小姐说，你骗我，你讨厌死了。

伟国说，我都已经想娶你了，你还说我骗你。

朵小姐说，你什么时候跟她分手的？

伟国说，一个月了。

朵小姐哭道，原来你没找我的日子，都在跟另外一个女人。

伟国捏了一把朵小姐的屁股，说，我一直喜欢你的，可谁让你夹得那么紧，我只好找别人解决喽，我是成年人，有需求，难道你让我去找小姐？

朵小姐骂道，你太恶心了。

伟国说，恶心？别装清高了，你刚才不是也很舒服吗？

这时的语气，已带几分狎昵后的轻慢。朵小姐骂了他一句"流氓"，一时想不通，推门就自己走了。伟国却是困了，朵小姐甩门后他摸出一支烟来抽着，横了横心，也不去追。

朵小姐走在夜色里，后悔自己为什么不先去卫生间，那就会先发现伟国乌七八糟的私生活，就不会发生后来那样无可挽回的事。后来越想越觉得，今天伟国的生日约会就像一场阴谋。所有的细节，目的只有一个，就是他要把她弄上床。朵小姐虽然已经在城市里待了几年，但依然无法摆脱自己已失身于伟国的悲伤。更抱屈的是，伟国从来不是她的白马王子，而且他已经三十三岁了，他折断了她高飞的梦想。

第二天，伟国给她发了个短信，说已回义乌，进货兼去看房子，云淡风轻。朵小姐不回。她守着摊位，没人的时候，细细地给自己化了个精致的妆，度过了无聊的一天。此后几天，伟国也没电话给她。她自己倒是有各种念头在心里较量着，枝枝蔓蔓，旁逸斜出。

四　望江门外

到了周五，姐姐跟姐夫去了姐夫的爸妈家，好像有事要商量，朵小姐一个人百无聊赖，自己煮了包方便面吃，吃完就去了附近的网吧。她也不怎么会玩游戏，主要是在QQ上和陌生人聊天。阿奎就是那天她在QQ上认识的。

朵小姐那晚好像特别放得开，扮演着热情女郎的角色，不知是否为了在心里造伟国的反，她说自己一个娇小女子，就喜欢高大伟岸的男人，还主动进攻，问阿奎有多高。阿奎回答一米八三，朵小姐就说是骗我吧，反正也看不见。阿奎就说这有什么好骗的，货真价实啊，欢迎来验货。两个人的陌生感就在这打情骂俏中消除了，好比两只钩子，互相晃了几下，最后终于咬合在一起。他们很快发现有很多共同点：都是外乡人，在杭州讨生活。

到了周六，朵小姐仍然是一个人。阿奎也是一个人，两个人就继续上线聊天。这一次聊天，从下午一直聊到天都黑了。朵小姐讲了自己家的一些事情，阿奎也说了很多家里的事情。让朵小姐好奇的是，阿奎说自己家里的事情时，像讲故事一样，明明是自己家里的事，又好像说的是别人家的事。

阿奎家在衢化，全名衢州化工厂。一个很大的工厂。阿奎大专毕业后不想再待在衢化，做世代衢化人，就跑到杭州来了。阿奎跟朵小姐的姐姐一样，也是学财会的，但是，财会是爹妈让学的，阿奎并没有耐心对付那些数字和报表。他有个衢化的发小叫小海，在一家饮料公司做到了销售的中层，两年前正好公司要招销售人员，就打电话让阿奎来杭州。阿奎来杭州第三年，中间离开过公司，晃了几个月无事可做，在父母劝说下，又回了公司继续做销售。

阿奎的父母一辈子待在衢化，父亲是不高不低的技术工人，母亲是工会干部，赚死工资度日，房子是单位分的，每个职工都有不大不小的一套，双职工在选楼层方面有优先权。阿奎是家里最小的弟弟，上面还有一个哥一个姐，阿奎娘最宠的就是阿奎了，从小不让阿奎操一寸心。怕阿奎晚上睡觉着凉，阿奎娘一直和阿奎一张床睡，直到儿子已明显发育，喉结突出，有晨勃，偶尔会遗精时，还没有要和阿奎分床睡的意思，但阿奎毕竟是社会人，男同学之间聊得多了，有一次，他被同学笑话说现在还要吃他妈奶时，阿奎就觉悟了，回家当天，就要阿奎娘回他爸爸的床上睡。

阿奎娘一听儿子要闹独立，朗声说，那你晚上总踢掉被子，我一晚上要起来几次给你盖被子，害得我会神经衰弱。

你不要管，不就是了？

你会感冒的，一感冒，你就得咳嗽，会影响学习。

我在学校抬不起头来，和感冒比，你说哪个严重？阿奎也粗声说。

这次阿奎爸坚决声援阿奎独立睡觉的主张，出来严肃地对阿奎娘说，儿子大了，早就该分床睡了。

阿奎娘就数落阿奎爹从小不管孩子，孩子发烧生病，都是她一个人折腾，三个孩子拖到大，她已累掉了半条命了，现在说个风凉话倒是轻松。正数落着，阿奎回房，把门一关，赌气说，以后晚上睡觉我会锁上门，省得你操心来盖被子。

这段插曲,是阿奎结婚后说给朵小姐听的,两人笑了半天。他们从小的际遇太不一样了:一个是家中小儿子,从小被他娘捧在手里怕化了的;一个是家中老二,又是女儿,从小父母不管,被寄养在外婆家自生自灭。两人笑完之后,不免又是唏嘘。

这时候交往尚浅,朵小姐从阿奎那里知道的,都是他家光辉的一面。比如他们在退休前几年,通过各种关系和努力,把高中毕业没考上大学的阿奎姐姐从衢州化工厂调到了衢州市里,后来姐姐成了公务员,也结了门不错的亲事,夫家在衢州市还有点小权势。阿奎学习成绩一般,是爹妈花了不少钱给他请家教,最后才考上了大专。

实际上,他们开始想让阿奎在衢化工作,留在父母身边的,不赞成他去杭州找工作,但后来见阿奎一定不愿继续当衢化人,阿奎娘的心思也活了起来,半夜推醒阿奎爹说,儿子的想法我们要支持。我们一辈子爱厂如家,都奉献给衢化了,难道要阿奎继续当衢化人不成?再说,我们当年大工厂还算吃香,相比市里的职工,我们待遇还算好的,夏天发汽水发西瓜发棒冰,冬天发洗澡票发年货,我们用上管道煤气都比别人早,现在呢,一年不如一年,大工厂不吃香了，年轻人慢慢就待不住了啊。

阿奎娘说，要给阿奎在杭州按揭买房子，阿奎爹才彻底醒了，翻了个身，叹气道，说买房子，又不是买辆脚踏车，钱呢？

借啊！阿奎娘半夜三更地提高了音调，说，我们有十万定期，马上就到期了，问阿奎他哥、他姐各拿五万，算赞助弟弟，按揭首付二十五万就够了，我们买偏一点的地段，反正让阿奎有套杭州的房子就行。还有五万，我想了一晚上，把你娘让你存着的一万私房钱先借用一下，再问亲戚借四万。

我们还那么多债，太累了吧。再说他哥他姐也没什么钱，你让他们拿钱，他们小日子也不容易啊。阿奎爹还是打退堂鼓。

养儿养女，辛苦几十年，现在要他们贡献一点的时候了，老大老二总不能这么没良心吧。阿奎娘态度坚决。

阿奎爹总觉得不妥，半夜三更的，想先敷衍阿奎娘几句再说，就推说，先打听打听杭州房子的情况再说，也不急这一时。没料到早上起床，阿奎娘已经摩拳擦掌，准备大干一场了。阿奎娘甚至还站在窗边，唱了一段红歌《北京的金山上》，歌颂了一下毛主席他老人家，情绪高昂，志在必得。

但是阿奎娘很快发现，要向已成家立业的阿奎哥姐要那计划内的十万块，并不顺利。儿子女儿的钱袋是他们自己的，不再由她说了算。房子这件事，老大老二各有各的打算，钱永远都不够用，为弟弟买房，他们并没有这个义务。虽然都知道弟弟是娘的宝贝疙瘩，娘的性格也是不达目的誓不罢休。阿奎姐知道，她娘当年为她调到衢州市工作没少操心，也没少出钱，怕她哭诉往事，骂自己没良心，最后达成妥协：她自己拿了两万私房钱给娘，另外三万是借，必须让她丈夫知情的，说好了一年还一万。她想有她爹在，不怕她娘到时赖账。

到老二那里要那计划内的五万，因地制宜地改变了说法。因老二一切都靠自己，一路学霸，到了省城当公务员，没让爹妈操什么心。阿奎的嫂子，是他哥哥同一幢大楼的另一个处室的，两个人结婚后，拿到了单位建的集资房，收入稳定但并不高，福利不错，还要养孩子。阿奎娘携阿奎爹去了杭州，在老二家住下了，只说出来散散心。第一周，阿奎娘笑眯眯的，什么也不说，就给老二一家做好吃的，让老二觉得天天像在过节。到第八天晚上，阿奎娘把老二叫到一边，说了自己的买房计划。

老二的反应是吓了一跳，说，妈，你们哪里有实力在杭州买房子？要不是集资房，我们都买不起。

只听阿奎娘把二十五万的首付分解计划娓娓道来，然后说，买杭州的房子，他们二老是打算以后也可以住到杭州的，跟阿奎一起过。所以，他这个当哥哥的，就当为安置爹娘养老出点力。

但老二仍然表示很为难，他冷静地表示，不仅是他们二老，老婆家父母也在吹风要支援呢，因为她弟弟过了年马上要结婚了，也要在杭州买婚房。两件事情放一起考虑，他们夫妻需要商量。

啥？她家也问你们要钱？阿奎娘的音调一高，眼珠子都凸出来了。

老二当然知道他娘在想什么，说道，你不是也向姐姐要钱给弟弟买房吗？步调一致呀。

阿奎娘被呛了一声，急辩道，那怎么能一样，你不知道我们为你姐操了多少心，我们是该得的，你姐就当还我们人情了。

人家女儿不是爹妈养大的吗？要还一样得还的，看你说的。老二说。

阿奎娘无语，心里那个愤愤不平。媳妇娘家算什么鬼，如今竟然来打劫！她也知道自己心里那套"嫁出去的女儿泼出去的水"的老观念，又不能拿到台面上来说的。

第二天晚上，老二宣布了夫妻俩的决定：一边给两万，一碗水端平。阿弥陀佛，谁也不要再叽叽歪歪，他们两个公务员，没有发财的命，只有这点能力。

当晚的饭，吃得沉闷，碗勺声中，隐隐是剑拔弩张。阿奎娘诉说当年为老二在省城上大学省吃俭用，寄过多少次钱和奶粉，夫妻两个人的工资，一个人的给老二用，另一个人的全家用。这时，一直不说话不表态的老二媳妇接了句茬：是啊，当爹妈真不容易。当年我读大学时，我们家也是这样。

阿奎娘的脸色更难看了，把筷子重重地一放，决然说，老二，你知道我们年纪大了，再向亲眷们借很多钱的话，也丢不起这张老脸了。跟你姐姐一样，另外三万我向你借。

她做了个利落的手势，说，我们没有多少退休金，但我还有力气，我去给人家当保姆，做钟点工，也会把钱还你们的。

阿奎嫂子听不下去，匆匆放下碗筷溜回房间去了。

阿奎娘感觉她计划内的五万块钱，活生生被老二媳妇割去了一半，喂她娘家的白眼狼去了，生恨儿子懦弱，在家里不能拿住媳妇。饭桌上的每个人,各怀心事,各打算盘,阿奎爹的小锅鸡汤算是白做了。阿奎爹心里十分过意不去,为了给阿奎买房子,弄得老大老二都不得安耽。出了钱,还被骂没良心,他并不想这样的,只是阿奎娘向来是铁娘子作风,一旦决定做什么,八头牛都拉不住的。

整件事只有阿奎置身事外,连请他去老二家吃饭都嫌麻烦。因为他爹娘是为他"游说列国"化缘,他当然不愿意在场。买房子本是他娘的念头,他自己从没有想过。阿奎的人生,图的是现世安稳,对生活从不做非分之想,他娘的性格向来强硬。家里的全部人口,现在都被牵扯进未来阿奎的房子上了,阿奎自己却是个局外人,买不买这房子也不是他能说了算的,以后的按揭,原则上要阿奎自己还,阿奎也不愿多想这事了。

一个月后,真的买下了房子,九十方的小户型,位置偏了点,在望江门外,楼层在二楼,总价也便宜,以后阿奎每个月还一千块贷款就可以了,十五年还清。

买了房后,杭州的房价一路看涨,阿奎娘觉得自己英明极了,等于帮儿子装修的钱就省出来了。

于是阿奎娘又下了第二个英明决定:让阿奎住自己家多好,那阿奎就是杭州人了。这次没人反对她,房子空置着也可惜，也要交物业费，不如简单装修一下，阿奎就不用租房子与人合住了。

为了省钱，阿奎娘携阿奎爹，决定自己操办新房子的装修，每一分钱都得精打细算，连一根钉子都不能让包工头多赚了去。他们不相信凭阿奎自己会把这件需处处精明的事儿办好。阿奎一点都不精明，也不小气，他要是个有钱人的话，那肯定是个可爱的有钱人，可惜，阿奎不是。

他们在老二家里住了四个月，每天早出晚归地管装修，中午为了省钱，连方便面都嫌贵，只买一个包子或饼吃。晚上回来吃饭，累得动不了，老二也很心疼爹娘，要钟点工每天多买些鱼肉好菜。阿奎接触了几次装修的事，都被他娘数落不懂节约的道理，买材料不知道货比三家，阿奎干脆就当了甩手掌柜。反正装修成什么样，他都可以忍受。家，不过是个睡觉的地方。

作为外地单身男子，阿奎因为在杭州望江门外有一套名下的房子，在婚姻市场上身价倍增，这得归功于他娘的雷厉风行。

现在他一个人坐在新家附近的网吧里，在线和朵小姐聊天，朵小姐对他颇感兴趣。他们东拉西扯地说着各自的生活，阿奎讲得绘声绘色。朵小姐说，你这人讲起故事来，还挺幽默的。阿奎说，不是故事。其实我挺郁闷的，我都是被推着走。朵小姐说，有这么多人替你操心，你是有福气的人啊。阿奎说，我有福气吗？我不觉得。

这一晚朵小姐话多，说着小时候的事。她对阿奎说，我家里排行老二，又是女娃，上面一个姐姐，下面一个弟弟，我是最不受待见的那个，一断奶，就被父母送到外婆家寄养。在乡下那种地方，本来就不作兴外婆给闺女带娃的，都说嫁出去的女儿，泼出去的水，带了也是白忙。可是我外婆念经信佛的，心肠软，听我妈说养不活三个小孩，又要为超生的弟弟缴罚款，如果她不收留，又下不了手直接扔掉，只好把我送到山区。外婆见我长得也算周正，就去抱我，一抱起我就舍不得，一咬牙，就把我留在了身边。阿奎就说，好可怜的孩子。朵小姐接着说，还好我外婆特别宠我，舅舅对我也不错。阿奎说，你的名字特别好听，朵朵，多好听啊。朵朵有些羞涩地回应，好像大家都这么说，是我外婆给取的名。阿奎说，你外婆真可爱。

阿奎在朵小姐这里，形象具体了：一个身高一米八，在杭州有工作、有婚房的未婚小伙。

最有趣的是，他们一直聊天不舍得散，到傍晚时，吃的都是康师傅的红烧牛肉面，边吃边聊。这会儿都有点想吃夜宵。去哪里吃呢？阿奎说，江干区的慧娟面馆吧，好好来一份味道鲜浓的虾腰面。朵小姐说，我也想去传说中的慧娟面馆吃一碗面。

话已说到这份上，那夜宵是肯定要吃的。但是不是真的两个陌生人跑去慧娟面馆碰头吃，还得斟酌一番。对阿奎来说，快晚上十点了，他是真饿了。他对慧娟面馆的渴望，更甚于认识一个陌生姑娘。可朵小姐不一样，吃面不过是由头，她更想见的是阿奎其人。她就想有个人，能刷洗掉伟国留在她身上的纠结感。

阿奎住得离慧娟面馆近，说骑车只有十来分钟的路。朵小姐离得远，说她自己打车过去。

半小时后，他们真的在望江门的慧娟面馆碰头了。坐下来点了两碗面，只花了五十几块钱，还有西湖啤酒。慧娟面馆里，夜食客不多不少，有好几对年轻男女。他们吃得一头的汗，却感觉十分乐胃，阿奎付完账，还很满足地摸了摸肚子。

阿奎所言不假，他人高马大，是蛮豪爽随和的一个小伙。见面后，两个人都饿了，并没怎么交谈。面上得很快，接下来就低头吃开了。

吃得有半饱了，阿奎才抬起头来，对朵小姐友好地笑笑，开玩笑道，这真是叫作"见面礼"。肚子饿了，我一个人也会来吃，不然整晚都睡不好了。

朵小姐笑着说道，看你吃碗面都这么香，看来是要求不高的。

阿奎说，我这个人，就是能填饱肚子，有个地方睡觉就行了，不想太复杂。

你上网难道就是为了有个人一起来吃一碗面？朵小姐见阿奎吃得额头冒汗，笑起来了。

哈，如果我哥们儿在，我们三个人，晚上可以干掉六瓶啤酒。阿奎豪迈地说道。

朵小姐就此判断出，阿奎还没有女朋友。他最常见的夜晚，要么在网吧打游戏，要么和哥们一起吃饭喝酒吹牛。相比伟国的老成世故，阿奎真是个朴实孩子。

慧娟面馆深夜灯火通明，面容实在、衣着随意的男男女女进进出出，烟火气的实惠富足，让朵小姐想起前几天晚上摇曳的香格里拉烛光，有恍如隔世之感。朵小姐想，香格里拉好，但不能常去。慧娟面馆就可以常来。

没过几天，阿奎又陪朵小姐去了一次她喜欢的三门人开的海鲜面馆。他们又把从望江门到十五奎巷、鼓楼一带的夜宵店一一光顾了。朵小姐听说，阿奎眼下在饮料公司做销售，老吃方便面对付晚餐，然后忍不住又去吃夜宵，也时常叫外卖。单身汉的日子，过得七颠八倒。何朵朵也睡得晚，于是成了阿奎的夜宵搭子。

伟国从义乌回来后，对朵小姐有点淡淡的，似乎家里有事要忙。朵小姐这会儿心思更多地在阿奎身上，也不去管伟国是否殷勤依旧。阿奎跟伟国相反，吃了好几次夜宵，连手都没拉朵小姐一下，让朵小姐有几分失落，不确定在阿奎那里，她到底有没有女性魅力。

但过段时间，伟国仿佛下定决心似的，又来找朵小姐了。朵小姐赌气道，你是去找别的女人了吧？还来找我做什么。伟国说，你要相信我。我戒了，我再没碰过别的女人，真的戒了。伟国摆出一心等她做决定的样子。伟国这么说过之后，性欲更旺，因为他已经不碰别的女人了，所以要时常碰一碰朵小姐。这反倒让朵小姐陷入两难境地：不让他碰别的女人，就等于认了自己是他的女人了。可是就这么成了伟国的女人，她又不甘心。所以朵小姐几次跟伟国的性事，都是半推半就，别别扭扭，被他缠得自己慢慢不能自已，才从了他。她也觉得伟国是真的淫荡。他们做爱的时候，总是要看着她，看着她的表情，一点点屈服于他的拨弄，一点点沉迷于感官快感。三十三岁的伟国，女人阅历多，就对朵小姐说，你就是个小淫妇，别不承认。我俩就是王八对绿豆。朵小姐被伟国说得笑了起来，两个人性事上越来越水乳交融，于是又和好了。

次数多了后，朵小姐渐渐习惯两人做爱时，伟国时常胡说八道，有时还会说些污言秽语。她小时候在乡下，在镇上，听多了这些野里野气的话，也不以为意。她知道伟国这人粗俗，就喜欢乱开玩笑，也就不再生气。有一天，难得他们都休息，伟国约朵小姐在外面吃了午饭。下午太阳大，他们懒得出去，就在伟国的出租屋里腻着。伟国说，差点忘了，我有一个礼物给你。说着从床头柜里拿出一个小包装来，朵小姐打开一看，是一套酒红色蕾丝情趣内衣。朵小姐说，你这人真是，还想着买这种东西。伟国说，这有什么，人家老外都这么玩的。朵小姐说，我才不喜欢呢。伟国说，你先别急，穿上了你就喜欢了。朵小姐好奇，也想看看自己穿这个是什么模样。于是去卫生间试穿，半天没出来，伟国在门外喊，怎么啦，还不出来？快出来吧，哥哥我等不及了。朵小姐开了门，伟国进去，把朵小姐抱到了床上。伟国说，你太性感了。朵小姐说，是吗？我看到淘宝上有很多模特，专门穿这种衣服，拍出来都很好看。伟国说，以后我多送你几套不同款式的。不过我偏爱旗袍式的和肚兜式的,有东方美。朵小姐笑道,你还懂得东方美啊。伟国说,我怎么就不懂了?我最懂你,你知道吗?朵小姐渐渐情迷。伟国兴奋时说道,朵朵,要是我能开个妓院就好了,我要让你挂头牌,一万块一夜如何。朵小姐在他身下正酣,就脱口而出:头牌就头牌。一想不对,连忙"啐"了伟国一声,打了伟国一下。伟国就更起劲了,戏道,每天你身上都砸满人民币,感觉如何?朵小姐说,等你开了怡春院,我给你管账。伟国笑道,你倒是精明,想当老板娘呢。两人调笑着,大汗淋漓地完事后,洗了澡,又躺回床上午睡。她忽然想起十五岁那年,因为说到做"鸡"被她妈打的那一巴掌,就跟伟国说起少女时候的往事,伟国听了,心疼地抱着她,说,你真是个倔孩子,这么小一个人,从三门跑回外婆家了,要是碰到人贩子把你卖到山沟沟里可怎么办?朵小姐说,那时完全不知道,就是想拼了小命,我也要回到外婆身边去,心想我一定能自己回外婆家。伟国抱着她,抚摸着她的头发。她说,只有外婆是疼我的。伟国把她抱紧了,说,以后哥哥也疼你。

这时候,朵小姐差不多忘了阿奎这个人。

本来朵小姐可能还会跟着伟国,如此蹉跎一两年。她自己都是混沌的,伟国和阿奎,谁是谁的备胎呢?

到了六月，朵小姐生日，恰巧伟国有事回义乌去了，说要去半个多月，朵小姐又觉得，自己还没到和阿奎一起单独过生日的交情，就比较寂寞。到下午五点多，摊位正要打烊，却收到了快递。打开一看，是伟国送给她的生日礼物，包装很精美，用了粉色的缎带，打开一看，是一个穿白色婚纱的金发碧眼芭比娃娃。内附伟国的一张便条：朵公主生日快乐！想要给芭比一枚戒指吗？来义乌找我。

朵小姐心里明白，大概伟国的意思，是想她去义乌见他，这是个明显的求婚信号，可是朵小姐依然对义乌没兴趣。她心里不想嫁到义乌去。她心目中的义乌，就是个上不了台面的小地方，伟国也不值得她为他去义乌了此一生。但除了伟国，还能有谁呢？

心里犹豫着怎么回复伟国，到了晚上，她给伟国打了一个电话，伟国没有接，过了几个小时，晚上快十一点了才打回来。朵小姐说，谢谢你的礼物。你不回来了吗？伟国说，我妈病了，刚在上海的医院做了一个手术，手术后回义乌休养，我一时走不开呢。朵小姐说，那好吧，你好好陪你妈，我也帮不上什么忙。伟国说，我正好在这边有一些事要处理，还要待几天。朵小姐说，那好吧。伟国说，你要是寂寞了，就过来义乌找我。朵小姐说，我才不要去义乌找你，我要做生意的。伟国说，你不想哥哥吗？朵小姐说，不想，有什么好想的。伟国笑，就你心肠硬，哥哥倒是怪想你的。朵小姐说，别骗人了。伟国说，怎么又说我骗你，我可不骗你，你来义乌嘛，我金屋藏娇，店面关几天又不要紧的。朵小姐说，我不想去义乌。伟国说，放心，我明媒正娶，八抬大轿来抬你。朵小姐沉默了一阵，说，别开玩笑了。伟国说，我不开玩笑的。你要是想好了，我跟我妈说。朵小姐有些慌乱，说，我现在还不知道。隔着电话，她能感受到伟国对她的那种热切。

又过一天，正好老同学玫英来杭州，打电话说想跟何朵朵见面。朵小姐觉得惊讶，玫英是来说媒的吗？玫英结婚都不通知她，现在还能有别的什么事？两人一起在武林广场吃了饭。玫英新婚不久，妆容精致，珠光宝气的，拿着LV格子包，有点阔太太模样，连朵朵也觉得她变漂亮了。饭间，玫英拨弄着指上的钻石戒指，绕来绕去说着堂哥伟国。最后，仿佛不经意间，玫英向她透露了一个重要信息：伟国在义乌是离过一次婚的。

何朵朵听到后，吓了一跳。看来是伟国有意隐瞒了他的婚史。朵小姐向玫英追问，伟国当初为什么会离婚？玫英说，伟国的前妻晓月是他的高中同学，结婚两年后，她跟娘家的一个国际房客好上了。那个房客是个来义乌做生意的中东人，很有钱，肤色稍深，人高马大，会说几句中文，还比晓月小三岁。可是伟国家也有资产，晓月自己家也不缺钱，光是房租，一年都收二十几万，伟国不懂晓月为什么还会搭上那个中东老外。

个中内幕，玫英也说不清楚。晓月的背叛是伟国心中的痛。以前伟国是很宠晓月的。后来晓月临别时告诉伟国，自己有一次回娘家小住，闲来无聊，和一个小姐妹一起玩，那中东人是小姐妹的长期大客户，那一晚就在小姐妹家里，大家喝酒打牌，喝得稀里糊涂，也不知怎么会在小姐妹的床上，就被那中东男子剥了衣服，占了便宜去。后来那人纠缠她，又很会献殷勤，她呢破罐子破摔，觉得无聊寂寞，伟国又老不在身边，她贪心外面的世界，两个人就在中东人租的房子里发生了几次，竟有些难舍难分了。后来那个老外嘴碎，酒桌上和别人说自己在中国的艳福，说在义乌一个月，就泡上了热烈奔放的中国已婚妇女，还在他自己的社交账号上晒出了他跟晓月的甜蜜合影，于是事情败露。晓月说是她对不起伟国，晓月那年才二十八岁。伟国因此很难受，想来想去，只有自己性能力方面不如那中东佬了。本来伟国结婚后很努力，好好地在义乌做着生意，他离婚后，爸妈想让憋闷的儿子出来散散心，才打发他到了杭州这边来，一边做生意，一边也看看杭州这边的水土。晓月涉世未深，从小父母忙于做生意，陪伴很少，也不太管子女的教育。她高中毕业后没怎么上班，父母买了店面给她开女装店玩，平时也不缺钱花，就是总想要人陪。婚后伟国也很忙，她无所事事，有大把时间需要打发，就被中东人哄骗了去。等中东人结束了中国的生意，她不顾家里反对，去了那人的祖国卡塔尔。到了他家，才发现中东人还有大老婆和二老婆，大家全住在一起，她成了标准的"中国"小三。他有钱，娶她回家，只为她的异国风情。而她一玩，玩得不可收拾了。玫英说，晓月虽然长得漂亮，但她就是聪明面孔呆肚肠。到了那里，真的被打被骂都没人能帮她了，所以伟国在义乌待不下去了，觉得没面子。

朵小姐整个人呆住了，也不知玫英话里几分真几分假。听说伟国有婚史，她觉得自己无法接受伟国了。她心知玫英是不喜欢自己才透露这些的，看来玫英还是不希望她和伟国好。朵小姐想不争馒头争口气，她更不愿迁就伟国了。只是朵小姐不知道，玫英不想让她成为她的堂嫂，是另有原因的。都怪朵小姐天生长得白润，玫英和伟国一样，黑而瘦，何朵朵是农村人，玫英算是城里人，可她城里人反倒没有农村姐那么白皙，就觉得不开心。玫英知道何朵朵家穷，堂哥家富，她就是不想让自己不喜欢的何朵朵嫁给伟国，享受有钱人家少奶奶的物质生活。

烦心的事接踵而来。不多日，姐姐何竹儿那边也出了变故。何竹儿怀孕了。未婚先孕。朵小姐每天睡在姐姐的客厅，为了面子，她从来没在伟国家过夜过，每天都会回姐姐家。她已经有一阵子听不到姐姐房中的动静了，但就这么默不作声地，姐姐怀孕了。或许不是那边没动静，而是朵小姐自从有了伟国后，没有以前那么敏感了。姐姐怀孕倒不是什么丢脸的事，她迟早是要嫁给沈波的。双方父母知道了这个消息后，要他们赶紧奉子成婚。因为双方老人都不愿意何竹儿打掉孩子，那么婚事就得提前，得赶在竹儿的肚子显山露水之前。姐夫的爹妈说干就干，拿出一生的积蓄，很快在杭州给他们买了套八十平方的精装修二手房，老两口付了首付款。

朵小姐知道她依附姐姐的最后期限到了。姐姐和姐夫不日将要搬进他们自己的新房，他们已正式登记，结为夫妇，将要过上真正的家庭生活。因为新房首付是竹儿的公婆出的，她公婆随时会来，妹妹这个局外人，不方便再去住了。

于是，摆在朵小姐面前的只有两条路：一是自己租房子住，但这样的话她就多了一大笔开销，经济压力倍增。二是干脆嫁给伟国，认命算了，那么她也可以现在就搬到伟国的房子里去。

伟国这时还没回来，说了还要陪他妈去上海复查一次。玫英的话一直像一根刺，刺在朵小姐的喉咙口。她不想现在就住到伟国的出租房里去。她跟伟国的事情，真是刚刚理顺一些，又变成了一团乱麻。

某个晴朗的夜晚，左右为难的朵小姐灵光一闪，眼前出现了第三条道路。她不假思索地拿起手机，给阿奎打了个电话，我想搬去你那里住，暂时的，行吗？我可以付个几百块房租给你。

不用不用，你不用交我房租的。阿奎连忙说，我哥们也时常过来住，你想来就来吧，我可指望你会打扫卫生呢。还有，你会不会做饭呀，省得我老吃泡面。这样就算你交房租啦。

阿奎这人，用杭州话来说叫胡嗨嗨，啥事情到他这里，都不是事儿了，平平淡淡、随随便便地，一一对付过去。他爹妈搏命一般置下的房子，他却是敞开怀抱给朋友们借住的。

但是朵小姐不一样,她可不想做客气的房客,她只是嘴上说说,并不真想给阿奎交房租。她就是去投靠阿奎的。至于一个单身女孩具体要怎样投靠一个男人,行动之前,她也没有想清楚,她只是凭直觉,阿奎是她可以拿下的。之前,她和阿奎连手都没拉过。反正船到桥头自然直,她凭的是求生本能,先解燃眉之急再说,至于和阿奎要如何同船渡,朵小姐还来不及细想。

朵小姐真的收拾了行李,去了望江门外阿奎的住处。她是星期六早上去的,到阿奎家里是上午十点多,拖了两个拉杆箱敲门,阿奎睡眼惺忪地出来开了门,说了声:"你这么早啊。"朵小姐提醒他帮忙把箱子拎进屋,阿奎不好意思地笑了,赶紧帮朵小姐拎箱子。朵小姐东看看西看看,客厅不算小,除了阿奎的房间,的确是有一个小客房的,只是看起来比较乱。床单有些皱巴巴的,大约是阿奎的哥们来住过,又走了,阿奎也懒得去收拾。

两个人忽然在一个空间,倒没啥不自然的。中午,阿奎叫了外卖,请朵小姐一起吃。下午,朵小姐在客房里安顿下来,收拾行李,也就是几件衣服和两套床单被套。到了傍晚,阿奎觉得朵小姐这一天肯定累了,主动去附近菜场买了菜,他买了一只鸡、一盒蛏子、一把青菜、一盒鸡蛋回来，朵小姐也过来帮忙一起炖鸡。朵小姐说，你还买了蛏子呀，我喜欢吃这个。阿奎说，做葱油蛏子，爆炒一下很香的。朵小姐说，我是三门人，其实新鲜的蛏子捕捞起来，直接水煮一下，放点盐就很好吃。阿奎说，那你肯定喜欢吃海鲜了。朵小姐说，算是吧。阿奎说，我也喜欢的，不过肉也喜欢，什么肉都爱吃。朵小姐说，你人高马大的，是不是吃肉才不饿？阿奎笑道，是吧，红烧肉我能吃三大块。朵小姐说，这我会做，用酒、冰糖、老抽煮，不放水才好吃。阿奎说，那哪天我尝尝你的红烧肉手艺。朵小姐说，可惜我就是做不出饭店里厨师端出来的红烧肉那个好看的颜色。我用冰糖调颜色，好像肉的颜色偏暗红。阿奎说，你挺讲究呀，色香味样样都要。两个人在厨房里闲聊，一番对彼此食物和饮食习惯的探讨后，最后他们决定，土鸡放香菇和火腿，在砂锅里清炖。运到了杭州的蛏子，更适合葱油爆炒着吃。阿奎心里美滋滋的，有这样一个小小的女人在身边也不错。他们一高一矮，落差挺大地站在厨房里，朵小姐显得更加娇小，个头才刚到阿奎的肩膀处。

两个人面对面地吃晚餐，吃饭的时候，都不说话，有点像老夫老妻，也不违和。朵小姐扑哧一声笑出来，阿奎粗心,也没问她为什么笑。他们还烫了一瓶姜丝黄酒暖胃。一顿饭的工夫,两个人的脸蛋都红扑扑的。朵小姐戴上挂在厨房间的围裙,收拾桌子去洗碗,阿奎在客厅打开电视机,饶有兴致地看着朵小姐洗碗的背影。

你这屋里,怎么连镜子都没有。朵小姐嗲声嗲气地抱怨道。

我房间有大镜子,对我来说也没什么用,你随时可以来用啊。阿奎热情地说。

朵小姐进了屋,对着镜子摆弄。阿奎歪在床上,笑着说,要不别回去了。朵小姐好像等的就是这句话。

朵小姐和阿奎同床的第一晚,她比阿奎心急。阿奎永远是不紧不慢的性格。朵小姐和他并排半躺在床的一边,先是打开了房间的电视机,阿奎爱看篮球,看了半场NBA比赛。球赛完了,阿奎看斯诺克,又看得津津有味。反倒把今夜当成重要夜晚的朵小姐,有些心急地等待着最重要事情的发生。今晚,她将成为阿奎的女人,这是朵小姐最能把握的事情。她强迫自己不去想伟国,可是,有时候伟国还会钻进来,提醒她。她虔诚地,也像完成一个仪式一般地,等待她命运中的这一个时刻,以此来赶走伟国。岂料阿奎不急,完全不像在性事上猴急的、纠缠不休的伟国。

跟伟国比，阿奎简直是坐怀不乱的柳下惠了。

朵小姐假装专注地跟阿奎一起看斯诺克，脑海里却都是那天下午，她穿着酒红色情趣内衣，和伟国在床上交缠的画面。看了一会儿，觉得无趣，朵小姐没话找话说，原来你爱看这个？你会玩吗？阿奎说，以前在衢州，我喜欢跟几个朋友打台球，跟斯诺克的规则不一样，也很好玩。朵小姐问，斯诺克台球是什么规则？阿奎就耐心地跟朵小姐讲解了一些斯诺克的规则，朵小姐"嗯"了几声，似听非听，不求甚解。阿奎仍在兴致勃勃地看电视，叫了句"这个死球"，一会儿又叫"这个好球"。朵小姐已经歪在他肩膀上，阿奎就揽过朵小姐，还继续看他的斯诺克。终于比赛结束了，都午夜十二点了，朵小姐打了一个哈欠，阿奎也打了一个哈欠，说，反正明天休息。终于关了电视机，阿奎上了个厕所，回到床上，朵小姐以为这第一夜，两人就此相安无事，过了将近半小时，朵小姐想入睡又头脑清醒，阿奎翻了个身，她整个人就被阿奎覆盖了。阿奎很重，比伟国重多了，压在她身上是不一样的分量。阿奎并没有吻她，只是笨手笨脚地占领她的身体，她感受不到彼此的激情，能感受到的更是他们彼此以此行为确定一种新的关系。但她的心却在阿奎笨拙的冲撞下，一点一点地踏实下来，她被阿奎环抱着，第一次产生自己的人生有了依靠的感觉，伟国的声音和形象都被她赶走了，背影越走越远，最终不见了。

第二天晨起洗漱，阿奎说，我们煮点方便面加两个鸡蛋吧。朵小姐说，好，今天先这么将就吧。明天我去买点面包牛奶，我会做三明治。阿奎说，你很讲究嘛，还会做西式早餐。朵小姐说，西式早餐更有营养，我还可以从小姐妹那儿买到很便宜但很有营养的麦片。我其实最喜欢的是大饼油条或者咸菜稀饭包子。朵小姐接着说，在我姐姐那里时，我们双休日的早餐，一周做中式的，一周做西式的，我姐夫都特别爱吃。阿奎说，看来我也有口福了。

早餐后，她把她的木漆匣子在梳妆台上放置妥了，又慢条斯理地开始化妆。妆前乳、眼霜、粉底液、散粉。眉毛画得上挑一点，然后涂眼影、画眼线、刷睫毛膏，再是腮红、唇蜜。一一细致地收拾了，心也定了。阿奎见了，忙问朵小姐，你这会儿要去哪里？朵小姐说，不去哪里，就化给你看啊。阿奎说，啊，给我看啊，这么麻烦。朵小姐说，你觉得好看不？阿奎忙说，好看，你真的很好看。

五　过河拆桥

阿奎娘听说阿奎已经有女朋友了，而且都住到了新房子里，琢磨了好几个晚上。路有几条，一条就是顺其自然，年轻人的事随他们去。但一想到阿奎这人不精明，那姑娘是住在阿奎这儿白吃白喝，要是这恋爱没谈成，岂不是阿奎当冤大头？想来想去，还是得问问儿子到底是否中意这姑娘。阿奎娘打电话盘问阿奎，问他们处到哪一步，想不想结婚？阿奎道，现在不是挺好吗？处处看再说呗，结婚多麻烦。

阿奎娘开始了对朵小姐的考察，到了同居这一步，无论如何是要见见真身的。但阿奎娘的脑子拐了几个弯后，决定不去阿奎的住处考察朵小姐能否配阿奎。在阿奎那里，朵小姐俨然已是女主人，先斩后奏，让阿奎娘怎么占据战略高地。阿奎娘想想就不爽，自己辛辛苦苦买房子、装修房子，结果现在倒是一个不相干的人在享用，而且还名不正言不顺的。她想起阿奎小时候，成绩一般，却很受同学欢迎，高中寄宿制，阿奎娘每周都给他带各种吃的，阿奎总是一到学校，食物就被同学们一抢而光，自己吃得很少。有一次端午过后，他娘问，她亲手裹的板栗肉粽味道怎么样，阿奎却大大咧咧道，嗨，大概味道总是不错的吧，被一抢而光啊，我抢晚了，都没吃到。阿奎娘惊道，你自己都没吃到？阿奎依然无所谓地说，是啊，下手慢了，一群饿狼，也不给我留一个。阿奎娘又气又伤心，这儿子真太不懂得体谅她了。

阿奎爹娘从衢化赶到了杭州，先住进老二家里。见何朵朵的地点也放在了老二家里。这样阿奎带何朵朵上哥哥家做客，何朵朵就得面对阿奎一家人，就像考试面试一样。阿奎娘很满意自己这样充满智慧的安排。

阿奎却淡定得很。朵小姐问，我要穿什么衣服合适？阿奎说，随意啦。朵小姐又问，要给你爸妈带什么礼物？阿奎也说，随意啦，什么都不带都可以，不就是去我哥哥家吃顿饭，大家认识一下嘛。但朵小姐可不这么想，她知道这种事情问阿奎等于没问，那就自己拿主意了。朵小姐想，虽然实际上是阿奎爸妈要见她，但不是去阿奎哥哥家做客吗？那么送礼就该送给请客的主人，那样也显得她一个姑娘家不卑不亢。

化个什么妆呢？朵小姐想，面对老年人，妆不能太浓了，那就裸妆吧。

那天，他俩穿过大半个杭州城，赶到阿奎的哥哥家，已是傍晚了。朵小姐给阿奎哥哥家六岁儿子送了礼物，是一大盒奥特曼玩具，让小家伙开心得不停地欢呼，又送了阿奎嫂子两支不知什么牌子的护手霜，说是韩国货。朵小姐跟阿奎的父母只是简单地寒暄了一下，倒是和阿奎的嫂子交谈得热烈。朵小姐穿的是粉蓝色的短呢子大衣，内搭粉红色羊毛衫，配黑呢子短裙，唇红齿白的。除了个子小一点，阿奎娘也说不上有什么不对劲的地方。朵小姐哄小孩也挺有一套的，不到一小时，小家伙已经黏着朵朵阿姨问东问西，还邀请她一起玩奥特曼了。

吃饭的时候，阿奎娘拉家常，想问朵小姐的基本情况，又不好问得太直接，比如一个月收入多少，朵小姐只是一笔带过，说现在小孩在家里都是宝贝，玩具生意还不错。

她说得比较多的，是如今她家三姐弟都在杭州，她有空也会去看已经读大二的弟弟，弟弟是家里的骄傲，考上了一本大学，父母也快熬出头了。

这次见面效果不错，没过两个月，阿奎娘就对阿奎催婚了，说，这么同居着总不太好，不如把婚姻大事办了。等到过了秋天，这事在父母的催促下，阿奎想拖也不好拖下去了。因为阿奎娘说了，要是何朵朵两姐妹都是先大肚子，再求着男方家快结婚，当娘的会被气半死的，以后走出去也会矮半截。他们已经这样了，我们家不能再干这种事，让女方家难堪。

这也成了阿奎娘日后的口头禅：当初你们没结婚就住一起，阿奎自己不着急，可我们做大人的，不能不替女方家的面子考虑，不然怎么会催你们结婚？

朵小姐就知道她跟阿奎的私房话，阿奎会搬给他娘听。朵小姐姐姐的婚事，后来确实并不顺利。等双方家长为结婚的事坐下来商量时，差点为彩礼的事撕破了脸。农村嫁女儿要彩礼，本是习俗，但何家提出的十万彩礼钱，被男方家拦腰斩断，再要求打折，也就是只肯给三万块。男方家之所以笃定压价，一则是已经出钱给儿子买婚房，当然还因为何竹儿的肚子不等人，哪怕倒贴男方，何竹儿也得嫁。但何竹儿正在上大学的弟弟何晓松,毫不含糊地提醒:按新婚姻法的规定,姐夫家买的房子,写的是姐夫沈波的名字,这房子实际上跟何竹儿没关系,她只是个房客而已。但房产证要加女方名字这种话,何竹儿现在是说不出口的。何竹儿未来婆婆还说出了"想嫁就嫁,不嫁拉倒"的冷话儿,气得朵朵娘当场骂女儿贱货,白白送上门,没结婚就替人家怀崽。

婆婆和妈妈围绕彩礼钱的斗争白热化,何竹儿这辈子从没有如此难堪过,天天以泪洗面。还好,沈波靠谱,拼命给丈母娘赔不是,并私下跟竹儿商量,决定由他们自己来凑彩礼的钱。那一边,未来婆婆被朵朵娘一威胁,要逼女儿打胎,回去想想毕竟舍不得,口气也软了下来,事情总算平息了。朵小姐不知道,这件事不知会在一向要强的姐姐身上,投下怎样的阴影。

朵小姐在阿奎那里住了快一个月时,伟国回杭州了,其间通过几个电话,伟国说他妈无碍了。朵小姐借口家里有事,拖着不见他。伟国在杭州待几天,又回义乌,过几天再来杭州,来来回回,他们只在一起吃过一次晚饭。伟国瘦了一点,有一点憔悴,朵小姐看见一个月不见的他心里动了一动,看得出,伟国和他母亲的感情很好。晚饭后,朵小姐借口为了她姐姐的婚事，她爸妈来了杭州，没有跟伟国去他的出租屋。

朵小姐知道，跟伟国彻底摊牌的一天总是要来的，她心里很害怕，有时候又怀疑，自己似乎不该贸贸然就搬到阿奎这里来，她跟阿奎没有恋爱就直接进入同居阶段了。可她又很笃定过河拆桥是一定的，现在她要拆的是伟国这座桥，不然伟国就会过来，她又得跟伟国走。虽然此刻朵小姐还在桥上，但快从伟国的那一岸，走到阿奎的这一岸了。

朵小姐已搬离姐姐家这个事实，朵小姐一直瞒着伟国。又过了一个月，伟国恢复了从前在杭州久居的节奏，不再每周都回义乌。有几次生意的事忙完了，伟国想留她，她推托姐姐马上要结婚，家里有很多事情要帮忙。实际是她已经和阿奎好了，日日同床共枕，再跟伟国亲热，觉得别扭得很，身体跟伟国一碰到，就本能地想避开。这时伟国还蒙在鼓里，已经多日不见朵小姐，再见时，觉得她有些异样，又说不出哪里不对劲，总之对他一反常态。他身体里的那团火，时不时地要烧到她身上。

又过了几天，他们说完生意上的事后，一起在边上的餐馆吃了饭，伟国说他想她了，让她跟他去他的住处。她实在推托不得，借口都被她用完了。伟国说，这么多天了，你爸妈也该回去了吧，住旅馆很贵的。她知道，总不能天天说没空吧。她只得跟他上了他的车，到了他的住处。他见她皱了皱眉头，对她说，朵朵，过一阵子就给你在杭州换个大房子，不要嫌弃这里。她心一酸，并不吭声。他抱住她晃了晃，问她说，你怎么啦？怎么木了？他亲吻她，舌头顶开了她的牙齿，往日跟他亲密厮磨的感觉，再次在她的身体里涌动。

但是等这一波潮平，理性回到了她的身上，她心想，自己还是会选择阿奎，而不是比自己大很多岁、离过婚还隐瞒她的，又要回义乌发展的伟国。她已经回不去了。

她穿好衣服，不知怎么就哭了。哭得很伤心，伟国问她为什么哭，她摇摇头，说不出口，但她知道自己不想再这样混下去了。伟国心里就起了疑心。他突然就瞪起眼睛来，摇着她的肩膀，拍着她的脸说，喂，你是不是做了对不起我的事了？不然你哭什么？如果谁欺辱你了，你跟我说啊。朵小姐摇摇头，哭得更狠了。伟国说，这些天我不在，你跟别人睡过了吗？朵小姐摇摇头说，没有，没有。

那晚，伟国心事重重，没有开车送她，朵小姐是自己打车走的。回去之后，睡到床上，阿奎又想要她，她说，今天我累死了,翻过身去,不再理他。

等到了朵小姐终于摊牌的那一天,伟国的反应很大。那日下午,小商品市场打烊时分,伟国哐地拉下一半卷闸门,又啪啪地一下一下点着打火机,他拿起一个芭比,是一款大胸细腰的性感芭比娃娃,嘴里一边骂骂咧咧,一边要烧,这恶狠狠的动作,吓坏了朵小姐,眼看着芭比的粉色裙子点着了,朵朵一下慌了,说,你要干吗?伟国说,我干吗,你看我干吗?朵小姐赶紧夺过芭比娃娃扔到地上,用脚拼命踩,把刚点着的火踩灭了。朵小姐的手上烫起了泡,顾不得疼,连忙把卷闸门拉起,又拉着伟国到外面,说,哥哥你别冲动,我们有话好好说,我求你。朵小姐抱住伟国,哭了。隔壁正在打烊的几个摊,平时大家都熟,见这一对吵架吵得铺子都冒了烟,连忙过来劝架,说,小两口吵架归吵架,火烛要小心。

伟国被众人劝了几回,暂时冷静下来,一定要朵小姐跟他去出租房谈谈。朵小姐无奈,知道这一劫是逃不掉的,只得默默地坐上他的车,默默地跟在他身后。到了半道红,伟国随意把车停在了马路边。她跟他上了楼,她不知道伟国会对她怎样,可是一进屋,伟国关了门,就狠狠甩了她一耳光,又顶着门,从背后抓住她的乳房骂了句"贱货",

扯掉她的胸罩,差点要强奸她。朵小姐领教了刚才伟国的狠,战战兢兢的,感觉他像是要把前妻负他和自己负他的情债,一并清算。朵小姐好不容易扭身挣脱了,躲在门后,无助地哭了起来。

这时伟国妈的电话来了,伟国放开朵朵去接。接完电话,伟国的怒气才稍稍平了些。

见伟国青筋暴突的狰狞,朵小姐不敢扔下伟国马上跑掉,伟国总能找到她的。她怕伟国报复她,觉得伟国这个人长得瘦小却是狠角色,他要是狠起来,不知能干出什么事来。朵小姐一时脑海中浮现出几个可怕的画面。

瑟瑟发抖中,伟国又把她拖上床去,丢下一句很流氓的话:今天你要把老子弄爽了,老子就不再来纠缠你。他又把她从床上扔到了沙发上,他劲儿很大,不知疲倦,骂骂咧咧,她很勉强,很委屈。反正他不可能是如意郎君,只想着早些摆脱。她咬咬牙,歪过头,不让伟国看到她的脸。这一切总会过去的,她这样想着,紧闭上眼睛。

她叫出了一句话,沈伟国,你这样对我,你当皇帝,我也不嫁你!

他也喊出来,何朵朵,你他妈个婊子,我看你有什么好日子过!我看着呢,说不定哪天,你还来求我。

朵小姐回骂，沈伟国你个王八蛋，你一次次骗我，你都离过婚了，你当我不知道。

他们俩骂着骂着，都哭了。最后，伟国像泄了气的皮球，再也没有力气折磨她了。

她起身，一边走出门去，一边听到伟国在她的身后哈哈大笑，我离过一次婚怎么啦？我又没孩子，我为了你我都收心了，你不知道吗？本来我迟早会告诉你的，本来我想好这几天就带你去看钻戒、看房子的。

两个人就这样决裂了。玩具生意当然也要拆伙，这让朵小姐有些茫然，甚至有些心慌。真的难以两全啊。她自己是小个儿，就是不喜欢伟国也是小个儿，伟国号称一米七，其实只有一米六七。她更喜欢一米八的阿奎，可是在床上的时候，她跟伟国总是水深火热，激情四射，每次她都深陷感官世界。她跟阿奎虽然才开始没多久，两个人年龄相当，却仿佛例行公事，没有特别惊喜的感觉，也没有跟伟国时的那种天崩地裂的激情。

两年多来，她和伟国合伙做生意，她其实是个身份不明的人。老板娘不像老板娘，合伙人不像合伙人，伙计又不像伙计，女朋友也不像女朋友。朵小姐拿不出多少钱来入股，只象征性地出了一万块钱，当然是伟国照顾她。现在她表明不会做他的女人了，他需要调整的，不过是再找一个伙计，另找一个女人而已，而她前路堪忧。

阿奎只听朵小姐淡淡地提了一句，以前一起做玩具生意的合伙人要回义乌去了，一个人做会很难，她决定不做了，想另找别的事做。阿奎也不介意，反正定了"五一"要办婚礼，那就先歇一阵再看。

这一次，双方家长连面都没有见，婚姻大事就这么办了。朵小姐除了买了一个蓝宝石的戒指，并没有什么钻戒。两人找影楼拍了一套户外的婚纱照，大幅照片挂在新房里，倒也郎才女貌，容光焕发。"五一"结的婚，新婚夫妇在衢化、三门两边都置了酒席。三门娘家这边，朵小姐被各种亲戚送了花花绿绿的十条棉被，从三斤到九斤，每条的被絮上都用红线绕上了"囍"字或鸳鸯字结，被面也是鸳鸯或牡丹富贵图案，乡俗难挡，她妈说让她运到杭州用，朵小姐说杭州家里放不下这么多，只拿了五床新被子，其中有两床是外婆给她准备的丝绵被，就将家里柜子塞满了，其余的就放在娘家。朵小姐不愿意搞复杂老套的乡村婚礼，自作主张从简，鞭炮还是放了，抬嫁妆的仪式就免了，她作为新嫁娘告别外婆时，还是流了眼泪。

朵小姐第一次跟阿奎去了衢州化工厂，现在已经改名叫巨化股份。初到阿奎口中的"千塘畈",朵小姐跟着阿奎逛东逛西,只见厂区里管道纵横交错、机器轰鸣、烟囱林立。阿奎说,巨化员工来自全国各地,所以他从小在这里说的是普通话,或者说是衢化普通话。阿奎说,衢化人认为,衢化是衢化,衢州是衢州,衢州以前很小的,一九八一年以前衢州还是金华地区的,是个县级市,一九八五年衢州市才升级为省辖市。朵小姐笑道,你是城里人,我乡下人,这么大的工厂,还是第一次见到。阿奎给朵小姐当导游,介绍衢化有自己的幼儿园、小学、中学、职业学校,有医院、公园、公交车,有报社、食堂、浴室、招待所,也有集体宿舍,记得以前还有探亲招待所,有鸳鸯楼,有电影院、文化宫、图书馆,他在灯光球场打过篮球,厂里还有自己的电视台,当然还有歌舞厅、溜冰场、桌球室和运动场等等。朵小姐说,你小时候在这里长大,应该还挺有趣的。阿奎说,厂里有些人,一家三代都在这里。朵小姐说,难道不好吗?阿奎说,反正我觉得没意思,现在走的人挺多的。朵小姐说,是不是怕化工厂爆炸?阿奎说,那倒也不是。化工厂爆炸的事,跟核电站爆炸一样,毕竟是极少的,就是觉得从小待到大,整天都在这样的环境,太闷了。阿奎又说,他爸妈所在的分厂就有三千多职工,大家都住在职工宿舍。阿奎记得小时候，他爸跟人打麻将，有时半夜了还没回家，他妈就一家一家地上门去找，听到哪家宿舍传出麻将洗牌的声音，就去哪家敲门，每次总能找到他爸，把他爸喊回家去。阿奎说，我小时候去跟同学玩，我妈也要到处找我。那时候我就想，我以后在哪个朋友家玩，最好别让她找到。朵小姐笑道，出了衢州化工厂，你妈就找不到你了。朵小姐说，哪怕我离家出走，我妈都不会来找我。阿奎说，不会吧。朵小姐说，怎么不会？朵小姐听说阿奎他爸是金华人，一九六〇年就在衢州化工厂当工人了。他爸有一个本家堂兄，曾经当过衢州化工厂的工会主席，在以前的年代，工会主席十分风光，是个不小的官。两天后，阿奎和朵小姐在衢州的婚礼上，这位前工会主席被特地请来当了证婚人，阿奎娘为此骄傲地对朵小姐说，阿奎他爸这边，是出过大人物的。他堂哥说过，都是一家人，如有事情可以找他帮忙。本来阿奎愿意在衢州上班的话，可以让这位堂伯介绍个好工作，可惜阿奎自己非要待在杭州。

新婚夫妇结束了两边的婚礼，回到了杭州，开始了他们的新生活。阿奎娘对朵小姐一年赚十几万的印象，又一次发生了错位，等何朵朵正式成了她的儿媳妇，一年挣十几万的辉煌已成老皇历了。何朵朵半年前就不在环北市场做生意了，一名失业外来女青年，没户口，没房子，孤身在这城市折腾。不过那时候的朵小姐，尚有这些年存下来的私房钱。

六　小妇人

阿奎和朵小姐婚后的日子，与从前也没什么差别，依旧是二人世界。婚姻生活开始了，阿奎和朵朵心定了，基本上在家开伙。家里开销是阿奎出，朵小姐的穿衣打扮自己买。婚后，朵小姐不上班，每天在家就化化妆、看看电视、上上网。后来认识了一个杭州小姐妹，在淘宝网上做起生意来了。她进了一些化妆品，自己也用，也推销给人，不见得有多少收益，无非是打发时间而已。阿奎也有了一些变化。以前没喝酒的习惯，现在他在家喜欢上了晚饭时小酌，天热时喝点啤酒，天凉时喝点黄酒。朵小姐说，原来阿奎爱喝酒啊。阿奎说，我吃饭太快了，要不是喝几口小酒，下酒菜吃得多，我五分钟就吃完饭啦。朵小姐有时就陪阿奎一起喝一杯。

朵小姐现在有了些少妇的风韵，阿奎在家看到她，也常是慵懒少妇之态。没化妆的朵朵，穿着睡衣，蓬松着头发，是她最本色的少妇模样。有时会出门，去姐姐家，见从前生意上认识的朋友，几个往来杭州的幼师的女同学，刚认识的做淘宝的朋友，她的圈子仅此而已。

后来阿奎娘知道了实情，心里就犯嘀咕，这女子是觉得有饭票了，就不想自食其力了？阿奎没心没肺的，他娘问他媳妇的事，他都实话实说。阿奎娘又嘀咕了，她倒心宽，以后你们还要养孩子呢，不趁现在多存点钱吗？阿奎忙道：不急不急，我们现在不想要孩子。

从那天开始，何朵朵在阿奎娘眼里，就从一个一年能挣十多万的能干小女子，蜕变为一个家庭妇女、寄生虫，甚至连生产的任务都不想完成。经再三盘问，阿奎娘掌握的情况是，何朵朵的确还没有问阿奎要钱花过，大概她还是有一些私房钱的。

那以后，朵小姐就时常接到婆婆的电话，拐弯抹角关心她的工作，跟她说年轻人不要怕吃苦，要先苦后甜。但朵小姐按兵不动，从小到大，她一切都听自己的，最不爱听他人摆布。

不久,到了秋天,阿奎也遇到事了,负责的片区销售额锐减,阿奎被主管狠狠骂了一顿,说他无能。阿奎跟主管吵了一架,说分派的任务数属于不可能完成的任务,一气之下就辞职不干了。天气一天比一天凉,两个年轻人索性都在家里蹲了。他们过了一个多月每天睡到自然醒的慵懒日子,在家就穿家居服,也不出门。阿奎总说,等过几天就去找工作。

阿奎娘知道了,急火攻心。一周之后,她安排好衢化的事情,和阿奎爹一起像"工作组"进驻到了阿奎家里。他们贴身紧逼的目的,就是督促两个年轻人出去找工作。

公婆进驻之后,朵小姐连装个腔都懒得装。虽然基本闲着,倒都是阿奎爹娘伺候他们。一日三餐,朵小姐当甩手掌柜。一开始有点小紧张,但见阿奎爹娘热火朝天地发扬着主人翁精神,有两次晚饭后,她主动去洗碗,但阿奎娘似乎很客气,抢下碗来,决不让她动手。晚上小夫妻上了床,朵小姐说,我想帮忙刷个碗,也搭不上手,阿奎却说,我妈做惯了,不做她也难受,你随她好了。

阿奎失业在家,并没有多少焦虑感。两个人精力富余了,晚上追剧追得更晚,房事更加卖力。她想过要不要顺势要一个孩子，但很快打消了念头，他们都玩心未尽，不想担责任。

在阿奎爹娘进驻前，日子是甜蜜闲适的。阿奎娘第一次和朵小姐撕破脸，是她们在一个屋檐下共处了半个月之后。在那半个月里，阿奎娘的怒气一点点地蓄满了，要溢出来了，她看朵小姐，越看越像个妖精，离她心目中吃苦耐劳的贤惠儿媳妇差着十万八千里。她非得有件事情作为爆破口，发作一下不可。

那天，阿奎和朵小姐去朋友家玩了，出门前，床上的被子也没叠。阿奎娘进儿子房间，想收拾一下，晒个被子，进去就闻到房间里一股暧昧体液的味道，阿奎娘就想到他们的房事有多频繁。阿奎娘心里打翻了五味瓶：这从小跟她睡到发育的儿子，如今也沉溺男女之事了。两个还都不正经上班，就忙活这事了，也不见怀上。一想到白天何朵朵那副慵懒的，又有些狐媚的样态，手指甲涂得红艳艳的，稍微下个水，手上要擦好几遍护手霜，她看在眼里，心里更气恼起来——一个农村出身的姑娘家，还以为自己是少奶奶呢。

等儿子媳妇回家，床上的床单被套都换过了。朵小姐说，妈，怎么给我们换床单了。声音高八度的阿奎娘对朵小姐说，你们的床单早该换换了。那声音里透着明显的不满。朵小姐连忙说，妈，你不用搞的，我们自己会换的。阿奎娘又教导说，房间要多开窗通气，勤换床单，不然影响身体健康。

阿奎尚未察觉，朵小姐听懂了阿奎妈的弦外之音，接下来几天，都冷着阿奎。阿奎觉得无趣，又看起斯诺克来了。

阿奎娘见过一次何朵朵的姐姐何竹儿，觉得姐姐比妹妹漂亮，又正经贤淑得多。她怨愤，何朵朵这小狐狸精，看着也不像是个会过日子的好女人，把她单纯忠厚的小儿子白白勾引去了，现在还要他们老的伺候。

阿奎娘眼尖，朵小姐自结婚后，还真有点小家碧玉的风骚少奶奶味道呢。阿奎最爱朵小姐小小的肥臀，有一次开玩笑说朵小姐骨架小但身上有肉，说这屁股，以后给他家生三个儿子都没问题。

那日阿奎爹生日，阿奎哥哥在外面饭店订了一桌寿宴，本来说好五点半出发的，结果朵小姐出门前要沐浴、更衣、化妆。阿奎催着，朵朵快点快点，有什么好弄的，反正都是自家人。朵小姐就说，马上好。这一马上，拖到了六点一刻还没弄好，这时阿奎娘的脸色已经很难看了。又过了五分钟，见阿奎房间的门还关着，就推门进去，以高八度的嗓音说，我们先下楼吧，还要打车。阿奎见他娘不太高兴，赶紧跟了出来，对朵小姐说，我们在楼下等你，你快点啊。

他们坐在出租车里，阿奎娘在车里已经发飙了：每天就知道往脸上涂这抹那，阿奎你怎么找这么一个女的？阿奎还不知轻重地打圆场：反正是去吃顿饭嘛，晚点就晚点吃。他妈见儿子是非不辨，气更不打一处来。

等阿奎又打了一个催促电话，六点半，朵小姐才施施然地，夹带着一股香风而来。打开车门时，听见阿奎娘扯着嗓门，明显不悦地说，又不是去干什么，搞那么香喷喷干什么，叫一车人等你半天。朵小姐辩解了一下，说，化好妆参加寿宴，是对别人的尊重啊，发达国家女的出门，都这样的礼仪。阿奎娘不客气地说，不认识的人，还以为我们一车人等什么大小姐呢。

当初新婚燕尔没多久，阿奎娘就对邻居讲，她什么人家的小姐呀？天天要睡懒觉，起床后，牛奶面包麦片，化个妆要两个小时，还要我儿子做饭给她吃。儿子要是不做饭，他们就只能吃方便面。老实儿子摊上这种妖精，气都气死了。朵小姐自己也曾跟小姐妹自嘲过，我大概是小姐心、丫鬟命。但是婆婆这么说她,她是绝对无法听进去的。后来又听阿奎娘跟她妈抱怨,现在乡下丫头都是这样的吗,都跟城里姑娘一样娇气了?她妈把这话转述给朵小姐,本意是要她早上早点起床,可朵小姐一听"乡下丫头",顿时火冒三丈,说:我又不吃她用她的,要她管我?她气得眼泪都滚出来了,原来阿奎娘如此看不起人,阿奎也不是什么城里少爷啊。朵小姐她妈却是一副息事宁人的样子,说嫁了人了,就要好好过日子,天天化妆做什么呢,钱也要省着点花,要存点钱以后养小孩用。朵小姐无语。

朵小姐见男司机特地回头看她,眼泪都快掉下来了。从阿奎娘那尖厉的声音中,第一次领教了婆婆的厉害。她还想回嘴,张到一半又忍住了,毕竟他们是在出租车上,她不想让人看笑话。

阿奎娘憋了很久的这一声叱责,开启了何朵朵从此以后的人生逆境。

寿宴吃得很沉闷,婆媳俩全程无交流,阿奎爹作为寿星,似乎兴致也不高,配合着儿女们完成他们尽孝的任务而已。那顿不愉快的寿宴后几日,阿奎被母亲逼着,去了一家网络公司拉业务。做推销员底薪少,阿奎的收入还不如在饮料公司做销售景气,他又不甚主动,做一天和尚撞一天钟,赶火车都不着急的脾性。几个月后,亲戚朋友能帮忙给他业务的都帮了一圈了,就得看自己真刀真枪的业务量了,这下阿奎就更是一块白板了。

阿奎爹娘还像上级派来的巡视员,在阿奎家住着。朵小姐睡个懒觉起来,梳妆打扮后,早饭中饭一起简单地吃了,避免了和阿奎爹娘同桌吃饭,然后拎个包就出门了。阿奎娘不问,她就不说去哪里。阿奎娘盘问她的去向,阿奎跟母亲说,朵朵给人家化妆,顺便开淘宝店推销化妆品,赚多赚少不一定,阿奎娘却从鼻孔里发出了一声冷笑:化妆还能挣饭吃?

转眼就到了春节关口,家里的财务首度告急。但第一年带新婚丈夫回娘家,朵小姐要完成一个心愿,她要携阿奎风风光光回一趟老家,于是他们先是去了一趟商场,朵小姐在阿奎的陪同下,花三千多块钱买下了一件红色呢子大衣。朵小姐很满意大衣的原价是七千多,年终大促折上折,只花了三千多。朵小姐穿上红大衣,在穿衣镜前左转右转,那个纽约品牌的专柜,四面都是大穿衣镜,照出穿着新衣、妆容精致的朵小姐的每个侧面,都有一种花儿盛放的隆重感。

她很久没来这种有点奢华的大商场,有一点恍惚感。

从前，她这乡下姑娘一年也难得来一次这种场所。伟国带她去过几次杭州大厦，偶尔送她一个贵一点的礼物，她也会心虚。好像伟国送了礼物，达不到目的，就马上会把礼物要回去。或者，为了心安理得拥有那礼物，总得付出点什么。现在终究还是托了阿奎的福了，她花老公的钱，花得安心。那天打车回家的路上，阿奎看到朵朵有一种心满意足的喜悦，脸上红扑扑的，有点乏力地靠在他肩上，阿奎也跟着觉得喜滋滋的。

但是这对年轻人要体面地过个年可真不容易。朵小姐还要带阿奎去探望外婆，给外婆送红包买礼物，给父母买礼物，给姐姐家的小女孩包红包，给正在上大学的弟弟压岁钱，加起来又是一笔不小的开支。朵小姐问阿奎要五千块钱，阿奎问了一句：你自己没钱啦？朵小姐说，淘宝店生意不好，以后我指望着靠老公养我了。阿奎慷慨地说，养老婆嘛，天经地义，我有饭吃，就不会饿着你。

过年几天，阿奎跟朵小姐回娘家，三门县何家村，村子里的蜡梅开得正香。他这城里的新姑爷被伺候得蛮隆重。脸盆、毛巾、被子、床上用品，凡他用的东西都是新的，阿奎还盛情难却地吃了好几回醪糟糖氽蛋——一碗就有四个，到哪个亲戚家都有，考究点的，里面还放桂圆，个个都是本鸡蛋。阿奎想乡下人真是热情啊，这些鸡蛋他都吃了，虽然吃多了也有点腻味，但也打着饱嗝吃下去了，但心里是欢喜的。其实阿奎是个爱吃甜食的男人，平时在家，老爱煮碗汤圆吃。

阿奎跟着朵朵坐长途车，去另一个江南小镇上看望她外婆，嘴巴很甜，也跟着朵朵叫外婆。外婆让阿奎坐在院子里晒太阳，院子里种着一棵很大的蜡梅树，花儿小小的刚开放，阿奎觉得很香，有时候几只外婆养的鸡，就绕着蜡梅树在地上找虫子吃，还争来抢去。外婆绾一个农村妇女的那种老式的发髻，嘴瘪瘪的，总是拉着阿奎的手，笑得合不拢嘴。又看他吃糖氽蛋，一副宠溺的样子。朵小姐笑话阿奎爱吃甜食会长胖，可外婆说：爱吃甜食的男人，命不会差。阿奎也真心喜欢外婆。他从小在大厂待惯了，到处都是厂房和烟囱，空气中常有不明味道，觉得这样的乡镇生活真是惬意。

那几天，朵小姐穿着纽约品牌的红色新大衣，携夫婿在村里镇里走亲探友，容光焕发，亲友们都称他们为"杭州客人"。她一路说说笑笑，穿着红色大衣和黑色高跟靴的朵小姐，仿佛正处在她美好的黄金时代。

阿奎说，乡下的日子，真心不错呢。要不以后我们到这里，搞个养鸡场，或者农家乐？

朵朵笑道，你也就新鲜几天，真到这里生活，你不觉得闷吗？

阿奎说，我真的觉得挺好啊，在这里心情舒畅多了。

阿奎随朵小姐到各亲朋好友处做客，转悠，吃吃喝喝，麻将打打，很快正月过半。回杭州后没几天，就得正视囊中羞涩的问题了。

一个月后，网络公司正逢裁员，阿奎做不下去了，只得又回了原来的饮料公司做销售，但这次回去，他也回不了杭州的公司干活了。阿奎有个老乡，做了闽南泉州一家分公司的小头儿，问阿奎愿不愿意去当帮手。阿奎有些犹豫，母亲点醒说，你们两个坐吃山空的怎么行，你不去，也没什么别的好工作等你。

朵小姐不作声，她想的并不复杂：老公出门赚钱，两个人要实在不习惯两地生活，那就干一段时间，让阿奎再回来好了。在她老家三门农村，也多的是出门打工分开的年轻夫妇。她又想，阿奎不在杭州了，公公婆婆总不会继续待在这里吧。

果然，阿奎去了泉州工作后，公婆也不想每天跟朵小姐大眼瞪小眼，打道回了衢化。真实情况是，阿奎爹上面还有一个八十五岁的老娘需要照顾，若是丢开老人太久不管，毕竟说不过去。

朵小姐一下耳根清净了。房子里剩下她一个人，虽然有些寂寞，却感觉自由的日子回来了。她每天出门、回家，有时有小姐妹一起陪她住，一起吃零食、化妆，换妆摆姿势，互相拍照、自拍，说着小姐妹间的八卦，折腾到十一二点，又煮馄饨饺子等夜宵吃，这日子不知不觉中就过去了。有时到周末，在杭州上大学的弟弟也过来玩，姐姐也带着女儿过来玩。一个人的时候，一到晚上，看看韩剧吃吃零食，倒有了单身的轻快滋味。自从阿奎爹娘进驻家里后，她已经很久没有这么轻快的感觉了。

到端午节，朵小姐爹妈特地从老家送粽子、糯米粿、自己做的咸鸭蛋等乡下的吃食，带来给在城里的孩子们。朵小姐就请爹妈来杭州玩了一个星期，花一百六十块钱租了条手划船，陪他们去了湖心亭和小瀛洲。那天杭州难得的蓝天白云，蓝得水也是透明的，看起来天地都清亮，朵小姐爸爸穿了白衬衣黑西裤，妈妈穿了新的套装，乡下人很正式过节的样子。朵小姐在岛上给他们拍了合影，又请游人给他们三个人拍了合影，这是朵小姐和父母亲二十多年人生的第一张合影。照片洗出来后，朵小姐和父母都有些感慨，好像现在他们终于是相亲相爱的一家人了。

这温馨一幕，出自不在老婆身边的阿奎的建议。阿奎感念过年时在朵朵娘家所受的热情接待，跟朵朵说，端午就放三天假，我这边活儿又多，这次就不回去了，不如你请你爹妈来杭州玩玩吧。

就这样过着，又到了七夕，牛郎织女还是没有在一起。朵小姐仿佛得了拖延症似的，去泉州探夫的计划迟迟未有行动。她对泉州可一点概念都没有。上中学时，她历史地理学得并不好，只听阿奎说泉州是福建海边的一个小城市，连泉州是中国历史上海上丝绸之路的起点也不知道。她倒是听去过厦门的小姐妹回来说，厦门很洋气，说有很多华侨的别墅在那里。走在鼓浪屿的小街上，不经意就能听到叮叮咚咚的钢琴声。走累了，在海边的咖啡馆喝一杯冰咖啡，吹着海风玩自拍。朵小姐觉得小姐妹在说钢琴和海边咖啡馆的时候，连同她的神态也优雅起来，仿佛已是见过那优雅的世面的，她的心里，悄悄种下了一颗要去厦门旅游的种子。

这边阿奎娘已经几次打电话来，旁敲侧击，希望朵小姐能夫唱妇随，老公到泉州，朵小姐在杭州没有稳定的工作，不如也跟着去泉州，进则可以打份短工，比如去超市当个收银员也有一份收入，退则至少可以给阿奎洗衣做饭，一边备孕，不至于让阿奎受单身汉之苦。

其实朵小姐并不是不想去探夫，她一个人也时常孤枕难眠。但朵小姐心目中的探夫，跟阿奎娘要她去泉州洗衣做饭可不是一回事。在杭州家里生活的舒适度，要远甚于阿奎在泉州时住的公司宿舍。阿奎的公司宿舍两人一间，她临时去的话也只能住宾馆。如果他们单独出去租房，又得花一笔钱，而且也不知道阿奎到底会在那陌生城市干多长时间。朵小姐就更有理由不跟着阿奎去泉州漂泊了。

去泉州探夫的这一颗小小的种子，在日日夜夜里一天天发芽，膨胀，从现实主义上升为浪漫主义，在又一个秋天到来时，变成了一个更宏伟的旅行计划。

朵小姐的计划是，和阿奎在泉州会合后，趁结婚两周年纪念，补上新婚时没有进行的蜜月旅行，这也是身边的小姐妹婚后都有的内容，人人会发的炫耀帖。她可以推说忙，怕累，可以迟点发，但不可以没有这个项目。再说这也是她和阿奎老早就达成的共识。当时结婚大事，两地赶来赶去办完酒，已经累坏了，实在没有雅兴再行旅游之事了。两个人回到杭州，就成天赖在沙发看电视上网，连起来关个电视机都要下好大决心。有一天晚上，打着哈欠的朵小姐说:"蜜月旅行以后总要补上的。"阿奎忙表示赞成:"那是,去哪里听你的。"

朵小姐要实施她的探夫计划了。计划和阿奎从泉州出发,一起去厦门、广州、深圳、香港,再回泉州,然后她再回杭州。

七　葛岭的月夜

半个月后,国庆长假末梢,何朵朵探夫结束,回到了杭州家中。一进门就吃了一惊,原来她不在家的日子,公婆已经来了好几天了。家里不仅有公婆,还有一个瘦小的老太太,她想起来曾在衢化的婚礼上见过一面,是她婆婆的婆婆。

朵小姐跟他们打了招呼,摸不清是怎么回事,也不多问。旅途疲乏,加上大姨妈光顾,她精神欠佳,径自关了门睡觉,睡到中午起床时,公婆他们午饭都吃好了。下午,她仍然关在房间里。到傍晚,婆婆敲门叫她吃饭,她才出来吃饭。

她仍然不问为什么婆婆的婆婆在这里，阿奎娘也不说。

过了三天，懒洋洋的朵小姐，让阿奎娘起了疑心，莫不是去探了趟亲，就怀上了？但也没有那么快就变得懒惰吧。阿奎娘悄悄致电阿奎，拐弯抹角问长问短，很想知道他们这趟团聚的细节，包括花销，但阿奎和朵朵好像事先说好了似的，不愿意多谈那半个月的事情。

阿奎娘这个情报官也不是吃素的，几个来回套话后，她搞明白了两件事：一是，朵朵是坐飞机去的厦门，和阿奎会合后，一起去了香港；二是，朵朵在泉州生病了，水土不服，过敏，还感冒发烧，去过医院。这两件事情听下来，都是让阿奎娘添堵的。她在电话里埋怨两个年轻人不知赚钱不容易，还瞎折腾。阿奎说，跟你说别操那么多心了，你非要问这问那，问了你又不高兴。阿奎娘说，你什么都不想让我管，真是娶了媳妇忘了娘。母子俩第一次在电话里吵了起来，阿奎说，我累死了，什么闲话都不想听，你别唠叨了行吗？

回到杭州的朵小姐，心情烦闷。跟她共一个屋檐的如今不是丈夫，而是丈夫的三个家人。她也不知道他们什么时候走，哪怕这屋里就剩下她冷冷清清一个人，也比现在的局面要好。现在，她不仅身边没有丈夫，连自己都像一只在夹缝里生存的寄居蟹。"鹊巢鸠占",她这么一闪念,可腰板也不够硬,因为房子的首付是阿奎爹娘出的。就连每个月的房贷,她也并没有出过一分钱。

这样烦闷地又过了些日子,朵小姐在家里待的时间越来越少。她白天出去进货,花钱报了个美容培训班,晚上也经常出去,说是上课。每天中午简单吃点东西就出门,一直到晚上十点左右才回家。能不跟阿奎家人碰面,就尽量避开不见面。

转眼到了元旦,阿奎说元旦销售正忙,还要过个把月才能回家。朵小姐连新年饭也没在家吃,跟朋友们出去跨年了。阿奎娘在家嘀咕,何朵朵近来越发野了,肯定是没怀上。

阿奎春节回来,在家待了半个月。但阿奎娘隐约听到儿子媳妇晚上在房间里争吵。她听不清小夫妻在吵什么。阿奎想回杭州,和朵朵一起贷款,去朵朵老家办个养鸡场。阿奎的理想,或许就是当个农家乐的老板,快快乐乐地招呼客人,养养鸡、种种菜。厌倦工厂子弟生活的阿奎,感觉在城市压力太大,其实他的梦想,是当个新农民。这个生意在朵小姐眼中是不靠谱的,自然不会得到认可。朵小姐说,我才不去。我宁可讨饭,也不愿意回乡下去。阿奎争辩道,你也不用天天待在乡下嘛,起码一半时间你可以待在杭州,双休日我们可以待在乡下。城里的人,双休日喜欢去乡下呼吸个新鲜空气,吃个土菜。这个现在很时髦啊。朵小姐说,我没兴趣办养鸡场。你没在农村待过,你不知道养鸡很臭的吗?很污染环境的。阿奎一时语塞,就说,养几只鸡能有多污染环境。朵小姐说,你是从小化工厂待惯了,觉得鸡粪味都是香的吧。阿奎不高兴地说,又不要你大小姐去拾鸡粪。对朵小姐来说,她决不愿意好不容易读了点书,离开了农村,现在再回去。

此事暂且按下不表。大年初五后,小夫妻又去朵小姐娘家待了几天,阿奎又想对朵小姐游说他的乡村梦想,但再一次落败。阿奎跟何朵朵的外婆说,外婆叹一口气,说,这女子从小就很倔,她认的都是死理。朵小姐愤然道,阿奎你是不知道我小时候怎么过来的,这乡下日子我早过够了,我做鬼也要做城里鬼。几次之后,阿奎渐渐知道了,这件事没有商量余地。他明白了何朵朵讨厌乡下,就像他讨厌衢化这个大化工厂一样,是一种骨子里的、深刻的厌倦,有一颗想彻底逃离故乡的心。阿奎看到的,是这里所有的好,而朵小姐看到的,是故乡故土所有的坏。

回杭州又待两天,阿奎又得去泉州上工了。这是他们婚后的第三个春节,觉得一切都匆匆忙忙。这一回阿奎南下打工,似乎有什么解不开的结。朵小姐虽送到火车站,但两个人的分别却是淡淡的,连一个拥抱都没有。

三月,阿奎姐姐生二胎,阿奎爹妈都回了衢州城,给女儿带孩子去了。阿奎姐让父母去帮一把,提了条件,当初那借的三万块买房款不用还了。这个条件,阿奎娘自然无法拒绝。

但是他们并没有把老太太一同带走。阿奎娘说,她没法既照顾女儿又照顾婆婆,也不放心婆婆一个人待在衢化,就让老太太跟朵小姐一起做个伴,住一段时间,免得朵朵一个人住着害怕。

朵小姐听了,如五雷轰顶。

他们只是告诉她已决定的事。朵小姐借语言不通,听不懂老太太说什么,委婉表示不合适,且她早出晚归,没时间照顾老人。但没有用,阿奎娘说老太太生活能自理,只是不放心她一个人生活,怕出什么事。何朵朵没有底气表示反对,打电话给阿奎,阿奎也说不出一个"不"字,说房子是爸妈买的,也一直是他们在替他还按揭。

阿奎在电话里虚弱地说,我妈是好意,说你一个姑娘家胆子小,有时一个人不敢睡,时常要小姐妹来陪。

我是想要你回来，才这么说的。朵小姐急道，我就不信你回来了，我们就没饭吃了。

我妈说，我现在在外面干得辛苦一点，挣点钱，以后我们才能养孩子，回去工作确实不好找。阿奎为难地说。

你妈说你妈说，你自己什么意思呢？你让我跟一个语言不通的八十多岁老太太住一起？我又不熟识她。

你做生意越做越赔。所以我才要出去多赚一点，让你不做，你又不肯。说什么这是我唯一的一点寄托，你就不能换个踏实的工作做吗？阿奎说。

反正说到最后，你们都攻击我开淘宝店。我就是爱做怎么了，做不做是我自己的事情。未等阿奎开口，朵小姐啪地挂了电话。

于是朵小姐明白了，这婚房，这个所谓的她的家，其实跟她是无关的。

朵小姐自己哭了一场，此后憋屈的日子日复一日，时常以泪洗面。以前朵小姐和阿奎是每天联系的，电话、QQ、视频，互相关心的话，一筐一筐的。亲爱的、宝贝、抱抱、亲亲、一起睡吧、想你了、明天降温了要多穿点，小情话不断，这时却断了流。阿奎走时是寒冬，到了春天，护城河的水都流淌得哗啦啦的，两个人之间的冷战气氛，似乎没有缓和的迹象。电话比从前明显少了，打电话的时间也变得古里古怪的，都是夜深人静时，朵小姐辗转反侧睡不着，打电话过去，阿奎睡眼惺忪地接电话，基本上是以听为主。有几次午夜，朵小姐在电话这头低声抽泣，阿奎在那边，就叹一声气，轻声安慰几句。阿奎心中有愧，朵朵泣不成声时，他也暗自叹息。他知道朵朵不习惯和一个完全不熟识的老太太住在一起，要习惯才怪呢。这个老太太是阿奎的奶奶，换作是他，血缘关系让他能勉强接受生活里祖孙共居一屋的事实，但也难说真的自在乐意。老太太八十五岁了，文盲，爱叨叨，年纪大了自然健忘，经常不冲厕所，不会用电器，还喜欢干涉朵小姐的生活，问东问西，语言又听不懂。朵朵有一天跟阿奎说，万一老太太在家里突然病了，死了，她可怎么办，话糙理不糙。有一天阿奎无奈，虚弱地说，你就当是你外婆来了吧。朵小姐说，这怎么可能，明明她不是我外婆啊。朵小姐对自己的外婆很好，因为她从小是外婆带大的。但阿奎要求她将他奶奶当自己外婆一般对待，显然是苛求了。

　　一次次地，阿奎最怕朵小姐深夜打来电话。他只能对她说，老婆你就忍一忍吧。我想回来，但也要看机会，有没有合适的活好做，不然我们总不好再向爸妈伸手。

阿奎不敢跟朵小姐说,老太太还向他妈电话告状,说阿奎媳妇对她爱理不理的。几乎不跟她一起吃饭,是不是因为她年纪大了,嫌弃她了。又说朵朵经常回来很晚,她给她留了菜,她也不吃。哪怕在家的时候,老太太吃饭,她就躲在自己的房间不出来。等老太太回房午睡了,她才出来弄吃的。老太太看电视,朵朵也不跟她一起看。老太太还嘀咕,自己男人又不在家,她还老是打扮得妖精似的出门,她是去干什么呢?

每次电话都是这些话:回不回来,老太太带来的困扰,淘宝店要不要做下去,就像三角关系一样又纠缠又无解,弄得两个人心绪更加恶劣。后来,两个人在电话里又互相关心起来,和好了,是因为有了新的念想。

朵小姐说,阿奎,我们要个孩子吧。

那我赶紧赚钱。明年一定,我们要个孩子吧。阿奎说。

朵小姐依然有度日如年之感,日复一日的煎熬中,她暗暗下了决心,到了今年春节,要让阿奎回杭州不再走了,否则就提离婚。一老一少共一屋的日子,别扭地过到了七月。朵小姐再也没请人来家里玩过。这时阿奎恰好有个出差的机会回杭州,就多请了几天探亲假,回了杭州。

回来后,忙碌着找老同学,找老朋友。经朋友介绍,又去面试了两家公司的销售职位，但结果都不如人意。两家公司开的底薪，都不如泉州那边高，而且销售业绩指标定得高，要做出来才有提成。阿奎正犹豫不决时，太后旨意到了：阿奎娘要阿奎等何朵朵怀了孕，再回来不迟，那时候生孩子，安定下来时，手头就有一点积蓄了。阿奎娘对儿子说，否则你又要供房，又要养人，养不起啊。

朵小姐不懂，阿奎娘为什么一定要跟她对着干，不让儿子回杭州。阿奎娘也弄不懂，何朵朵为什么不好好去干份工作，一定要开淘宝店，又做不好。淘宝店是个什么东西？阿奎娘确实搞不懂，而且她对一切自己不懂的事物，都会强烈怀疑其存在的合理性，认为那不是正经事。

阿奎夹在两个女人中间，觉得两个女人都固执得说不通，而且互相唱反调：一个越往东，一个就越往西。他自己也是想回来的，外面总没有家里好。但看在钱的分上，也不敢马上否定老娘的主张。阿奎不敢激化矛盾，就想，船到桥头自然直，拖到年尾，或许事情就见分晓了。

小夫妻久别重逢，一扫之前的阴霾，晚上就默契地埋头造人。阿奎和朵朵都发现，自己早已没了从前做爱的心境。那时两人闲在家里，白天晚上把性当小甜点吃，当夜宵吃，有的是荷尔蒙，有的是闲情。如今性变成了迫切的任务，朵小姐特别想怀上孩子，怀上了孩子，才能改变这令人郁闷的一切。现在即便做爱时，她的脸也不像从前那样明丽妩媚，气色也没有从前般白里透红，却有点像个默默承受的、消沉的小媳妇儿。从前他们在空荡荡的屋子里无所顾忌地弄出声响，现在朵朵不让阿奎发出一点响动，总疑神疑鬼老太太会站在门口听房。阿奎笑道，你也太神经过敏了吧。朵小姐却怨道，所以你知道我平时的日子有多苦了。

他们的房事虽没有从前横吹笛子竖吹箫般畅快，但七月的潮闷中，两个年轻人尽情地肉体交缠，依旧聊解了长久以来的身心寂寞。早上醒来的时候，再相拥着睡一会儿。日子是生动的，仍是让阿奎和朵朵留恋的日子。

过了十日，阿奎走了。很快，朵小姐知道自己没怀上，很是沮丧。阿奎得知后也有些失望，说，天天做都怀不上啊。朵小姐说，就十天，偏偏又不在排卵期。两人都像皮球泄了气。那就意味着，阿奎要到过年才能回来，朵小姐和老太太，还得一起过日子。

八月是躁动的季节，朵小姐依然午饭后出门，午夜时分才回到家，甚至还有夜不归宿的时候。于是阿奎娘在老太太一次又一次的电话汇报中，渐渐对何朵朵起了疑心。

阿奎娘从不承认，她让婆婆住阿奎家的另一个目的，是想有个人看着点这个寂寞少妇。有老太太在，何朵朵总不敢把乱七八糟的人带回家里鬼混吧。她就是听说以前何朵朵老是请小姐妹来家里陪她住，阿奎娘很不爽：他们大半辈子辛苦钱买下的房子，自己享受不到，儿子为赚钱在外地吃苦，也享受不到，反倒像是给何朵朵买的了。要是何朵朵爹妈家里没农活了，闲了也来跟何朵朵住，那还了得？人心险恶，不得不提防着啊。

阿奎走后，朵小姐更不爱回家了。家成了旅馆，也让她伤脑筋。婆婆先是怀柔政策，给朵小姐打电话，要她一个人晚上早点回家，路上注意安全。又说因为担心她路上不安全，她不回家，老太太就睡不着，老要起来看，毕竟是孙子媳妇，老太太也是很关心朵朵的。每次接婆婆的问候电话，何朵朵从不多做解释，只是礼貌地、淡淡地敷衍几句。

七月阿奎回家小住时，就发现朵小姐是有变化的。阿奎在家的日子，白天朵小姐也是天天出门。她好像很忙，阿奎感到她跟外面什么人关系越来越密切。朵小姐又在一块小黑板上列了人生的五年计划：要去欧洲旅游，买更大的房子，生漂亮的孩子，培养孩子将来上名校、开豪车。家里的客厅里，各类化妆品包装越堆越多，可她又好像没什么钱，阿奎每月要把自己的一半工资打给她。

等阿奎娘知道儿子异地辛苦工作，却要给一半工资养老婆时，又气炸了。她气愤地打电话给朵小姐的爸妈，要他们管教好自己的女儿，又弯来绕去地，话里多了言外之意。

隔些日子，见她父母管不了，阿奎娘又打电话给朵小姐的姐姐何竹儿。竹儿不便与妹妹的婆婆争论，只说她会再找妹妹聊聊。

朵小姐听说婆婆找完她爸妈又找她姐姐，更生气了。爸妈和姐姐轮番劝说她换个事情做，她说，我的事情要人家管？大不了就离婚。

她妈有点发急了，说，我们乡下人不作兴离婚啊。一个姑娘家，离了婚，就不值钱了。

朵小姐怼她妈，我早不是乡下人了。你当初也不是乡下人，自己要去何家村当乡下人。

朵小姐挂了电话，又出去了。她表面立场坚定，但心中并非毫不动摇。她知道全家人反对她做淘宝店，是因为她进了好些产品放在家里，却推销不出去，又不知原因在哪里。她知道如今是个看脸的时代，她看到有些女孩子开化妆品店很火，月入数万数十万都不是难事，她们是网红，是麻豆，青春年少，靠脸吃饭。朵小姐想，没准我也可以当网红啊。只是她在杭州,没特别有门道的人提携她,又没有好的渠道进便宜货,不比从前做玩具生意,背后有伟国撑腰,低进高出,她完全不用操心那么多。

她时常一个人孤单地走在城市的夜色里,走在街头等末班公交车,心里也是茫茫然。她舍不得打车,每天都挤公交车,车上她被偷过皮夹,被人袭过胸,被踩过穿高跟鞋的脚。刮风下雨时,她淋过雨,独自瑟缩在路上,更觉自己如丧家之犬。

灰心之时,不免怀念起坐在伟国的帕萨特副驾驶座上的那些日子,也会想起伟国的好。伟国,他现在在杭州还是在义乌,会在干吗呢?伟国或许早就换过车了吧。

深夜无聊时,她看相亲节目。有个漂亮小巧的姑娘说,宁愿坐在宝马车上哭,不愿坐在自行车后座笑,朵小姐的心痛了一下。忆起那年秋天,重阳节前后,伟国在杭州盘桓,说太子湾有菊花展,兴冲冲要带她去看花。朵朵淡淡地说,菊花有啥看头,蜡蜡黄一片,没啥稀奇。伟国就央告道,你看我们整天市场、出租房地两点一线,有点没劲的吧,是不是也该去荡荡公园、看看花?她又抢白道,你这个人就是花七花八。伟国仍然赔笑,说,我们老夫老妻了,也要浪漫一下嘛。后来他们开车去太子湾,伟国那天穿了西装，打了领带，很隆重的样子，朵小姐一想到要出门玩，也好好打扮了一番。他们一下午赏菊喝茶，晚上在西湖边吃饭，伟国点了两只蟹，正是朵小姐最爱的奢侈美食，要了葡萄酒，最后找了代驾，把车开了回去。

记得当日走在公园里，她心里觉得伟国对自己也算痴情，她走在伟国边上，却总嫌伟国个子不够高，当不了身边的白马王子。但伟国脸上却是兴奋的，在阳光下泛着微红的光，总是要牵朵小姐的手，与她十指紧扣。在风景处，伟国想叫人给他们拍张合影，她忸怩不肯，后来还是拍了一张，他很喜欢那一张他们在淡紫色花丛前的合影，那天她穿的是浅紫色的七分袖羊毛衫，白色的棉麻裙子，伟国说她跟花一样好看。那一天，她终究是快乐的。晚上，她和伟国做爱，两个人也都是快乐的，他们是融洽的情侣，伟国称她"我的肉嘟嘟朵公主"。经历了两个男人之后，朵小姐有了比较，伟国比阿奎更懂得风情，也更迷恋她。之前她是不懂的。

却说朵小姐跟阿奎结婚后不久，伟国时来运转，回了义乌，父亲年过七十，决定交棒，伟国正式接盘家族生意，成了少东家。现在伟国有了自己的玩具加工厂，名片上写着"耀光集团董事长沈伟国"，一开始什么玩具都做，后来发现还是芭比娃娃最赚钱。各款芭比娃娃，就成了工厂的主打产品。他们做那种贴牌的经典款芭比娃娃：WW白郎1988、艾琳儿、大本钟……成本低，销到世界各地。偶尔，市场监管部门来查，躲了几次，罚了点钱。伟国就知道，生意要做大，更需要安全。伟国广交朋友，不久就把这事摆平了，还有了不少人脉。

又听说伟国结了婚，新娘是当地一个局长的千金，婚礼很隆重，摆了六七十桌。

这些都是伟国的堂妹玫英来杭州，请客招呼几个在杭的老同学聚会时，特地告诉朵小姐的。

光阴虚度，朵小姐想干脆放弃化妆品生意，重操旧业，做玩具生意，就借在QQ上祝福伟国结婚之名，跟伟国接上了线。朵小姐想，现在伟国新婚燕尔，娇妻在怀，对他们的往事，应该不会再介怀了吧，她只是想着，有没有可能和他重新一起做生意。

电话打过去，伟国说，朵朵是你呀，你好吗？朵小姐说，我还好吧，听玫英说你结婚了，恭喜恭喜啊。伟国说，我也知道你结婚了。伟国果然对她态度友好，并不提旧事。看来前任也可以做回朋友。朵小姐一时感慨，一时语塞。伟国说，你有什么事？要我帮忙吗，就尽管开口好了。朵小姐就说，我闲得无聊，仍想做点生意，赚点零花钱。伟国想了想说，你稍等一等，不如待我在杭州设个点，你来做批发吧。

话是这么说了，但也不可能马上落实。朵小姐想要重新开始，也不是眼面前的事。因为仍是要靠伟国的关系，她也不愿意跟阿奎提起。

国庆长假，阿奎因为要加班，不能回杭州。等到朵朵的姐夫沈波生日，一拨朋友先在外面吃了饭，姐夫的老同学中，有个叫陈光的，仍不尽兴，说要请客去KTV继续狂欢，何竹儿就先带着女儿回家了。朵小姐反正没事，就和姐夫的朋友们一起去了KTV玩。他们都是她住在姐姐家里时早已认识的：姐夫的一对大学男女同学，已经结了婚，有了孩子；另一个就是要请客的陈光，因为妻子去了加拿大不归，正闹离婚，有点纠结，需要发泄。陈光喝了点酒，不愿意一个人孤寂，所以闹着要去KTV包厢继续喝。

昏暗的KTV包厢里，朵小姐听到陈光在她的耳边说：朵朵，你比从前漂亮了啊。这话不论真实与否，朵小姐听着，都是受用的。从前，陈光眼睛朝着天，在何竹儿家和朵小姐遇到过好几次，当时陈光还没有女朋友，朵小姐对他有意，但他对何竹儿的这个妹妹似乎并没有多少兴趣，朵小姐为此还暗暗伤心过一阵子。

凌晨一点,曲终人散。陈光自告奋勇要送朵小姐回家,姐夫想着何竹儿一人在家带孩子,也就同意了老同学护送妻妹。从宝石山边的娱乐城出来,陈光说,不如走一下,透透气再打车。朵小姐说,好。他就领着她,走到宝石山前的小路上,一路通到葛岭。陈光问朵小姐,以前你来过这儿吗?朵小姐老实答,很少来。陈光却笑着说,这是我寻花问柳的地方。朵小姐说,你太油了。陈光说,这确实是我以前带姑娘来得最多的地方,你不觉得吗,这里多浪漫啊。

朵小姐见陈光笑得有些夸张,也知他正闹离婚压力大,想他心里哀愁,他们同是天涯沦落人,同是留守的那一半,便安慰道,旧的不去,新的不来,好姑娘还会有的。陈光说,我今晚就是不想辜负这月色。朵小姐说,你辜负不辜负,月亮都不会搭理你。陈光说,你十八岁我就认识你啦。朵小姐说,别扯了,你那时眼里根本没有我。陈光说,那时是那时,现在是现在。朵小姐说,陈光你变了。陈光说,朵妹妹你也变了,你不知道吗?朵小姐说,你以前很清高的,看着比我姐夫还清高。陈光说,别提什么清高了。我现在一点不清高,见人就低头哈腰。朵小姐说,不可能,你今天喝多了,又在胡说。陈光说,我现在就不清高,我就想弯下腰来抱抱你。朵小姐说，你是笑话我矮呢。陈光说，早知今日，我那时候娶你该多好。朵小姐说，男人的嘴，骗人的鬼。

月光光，心慌慌，陈光借着酒劲，伸手揽住朵小姐的腰，朵小姐身子僵了一僵，但并不摆脱，两人依然走着，朵小姐的声音有些颤抖，太晚了，你快打车吧。陈光说，我怎么一点都不想回家，家里也是一个人。朵小姐叹一口气，说，其实我也是。陈光又道，我没有家了，噢，好像你也是一个人。你怎么也会一个人的？朵小姐只得说，老公要出门赚钱，生活不易啦。陈光就说，你看我们同病相怜，他们要离开我们，总有理由。朵小姐见他越揽越紧，就生硬地说，我又不是你的菜，你献什么殷勤？陈光道，怎么不是？你那么好看。说着就凑过去吻她的脸，朵小姐仍然端着，娇声说，别开玩笑了，喝醉的人，讨厌死了。没觉得你现在是女人最美的年龄，是蜜桃成熟时吗？他的手指轻轻划过她的嘴唇。

这挑逗感十足的话，挠了一挠朵小姐的芳心，她甚至忽然想哭。她想起来了，不知陈光是否想起往事。姐姐姐夫刚租房时，朵小姐也住在他们的出租屋里。有一个周末晚上，陈光和姐夫的另一个男同学带来了几张小光盘，他们几个年轻人饭后一起看片,一点点兴奋一点点神秘,就像过节一样。当时大家都正襟危坐,看到要紧处,朵小姐不经意间和陈光对视了一眼,能感觉到他看她一眼的异样眼神。

她由他领着,到了一处僻静地,像是一座寺庙的山门,幽径通向更深的庭院,望一望四下无人,只有清冷的上弦秋月,窥见了他们的唐突。

他拥着她,靠在一扇很高的木门上,巨大的暗影,投在深长的巷子里。他的手伸进她的毛衣内,同时嘴也凑了上去,她只感到肉肉的锁骨那儿一凉,又觉得这样的迷乱正是自己想要的,她被搁置已久的身体,想要在这无人月夜下得到抚慰、解放、歌唱。

他唐突着,急急地说,你那时候是太青涩了,现在才是最有风韵时。这时不知哪里的野狗却叫起来,很凶的汪声,似乎是在抗议他们的苟且。他感觉到她大胆的迎合,就抬起头戏言道,我以前就觉得,你有点像小一号的李丽珍。你知道吗?杭州话说的小嫂儿最风骚,说的就是你。她的脸在夜色中忽然红了,呸了一声,一把推开了他。

半小时后,出租车到了朵小姐家楼下,她让他直接回去,他偏要下车送她。大概他打着到她家成其好事的算盘呢。碰巧朵小姐住的那幢楼，楼道灯又坏了，要走上五楼，他就用手机的光，一边照着她，一边扶着她，一步步上楼。她开了门，开了一盏夜里的小灯，正犹豫间，他也跟了进来，径直坐到了客厅沙发上。朵小姐连忙道，不早了，你赶紧回家吧。

陈光不明白，为什么这么快被朵小姐下了逐客令。他感觉朵小姐此刻过于清醒，跟刚才的情意绵绵判若两人，于是他不情愿地起身了，走到了门边。他还来不及知晓，这屋里还有个老太太住着。朵小姐并不是一个人。

令朵小姐万分懊恼的是，这老太太不知怎么还不睡。半夜两点了，老太太听到动静，就开门走出来，正赶上看到一个男人走到门口时的背影。

送走陈光锁上门的何朵朵一转身，看到老太太正一脸怪异地盯着自己，像是半夜撞到鬼，顿时尖叫了一声：你在这里干什么！

她眼前的一幕，像是恐怖片的场景。

老太太嘟哝着，回了房间，她说什么，反正朵小姐听不懂。

朵小姐回到房间，扑倒在床上，关了灯，捂着被子，压抑地放着悲声。这日子，她一天也不想再忍受了。

八　离婚

次年初夏时，已物是人非。

单身汉阿奎回到了杭州。一时没有合适的工作，人生也处于犹豫彷徨的阶段，朵小姐走了。阿奎娘做主，让阿奎仍然和单身汉的朋友合租，把房子租了出去，这样阿奎每月都有租金收入，此时，老太太也已经离开了这房子。

阿奎好像仍是一个在梦里没醒过来的人。等他和朵小姐签了离婚协议书，再回到泉州上班时，他察觉这异乡自己是一天都待不下去了。这一次，他没有跟父母商量，就辞了职，回了杭州。这时离他和朵小姐离婚，不过一个月时间。

不久，老家衢化的老同学找他合伙做五金生意，杭州也有哥们想邀他一起做服装批发。阿奎却不想动，天天在家闷头睡觉。刚从一个混沌的乱梦中醒了，出于惯性，还要一个人发会呆。

有时候人生就是这样：这是个最不开心的春节，他和何朵朵冷战数月，冷静地谈到离婚的时候，他没有抛下泉州的一切马上回来的决心，而朵小姐也没有为了保全婚姻委曲求全的心意。一对年轻人就这样走进了婚姻的死胡同里了。

朵小姐在阿奎娘嘴里的称呼，已经变成了"那个坏女人"。自从阿奎娘听说何朵朵半夜带男人回家的事情后，以前对她总是晚归的猜测便落到了实处。何朵朵被认定了是个坏女人，回想当初，她肯定是为了有地方住，才缠上了她儿子的。

阿奎忘不掉，最后一个春节回家，本想好好安慰朵朵，想跟她说今年一定想办法回来。但他走进家门看到朵朵的那一刻，再迟钝的人都能感受到，她像一块沉默的冰块，几乎不理他，到了晚上睡觉，不要说亲热，朵朵背对着他，离得好远，在他们之间树起了无形的墙。阿奎也兀自叹了口气，背过去睡了。

两人的最后一个春节，听说阿奎爹妈要来，朵小姐就说她要去陪外婆和爸妈。阿奎本想问要不要陪她去，但一想自己爸妈要来，他若跑去朵朵娘家，也说不过去，就没有表示。

大年三十，家里没什么团圆欢乐的气氛，变成了一家人坐下来商量大事了。阿奎娘对儿子说，长痛不如短痛，这坏女人在外面混，外头已经有人了，休了算了。

阿奎不响，闷头吃菜。

这时，平时很少发话的阿奎爸开口了：离婚。她跟你不是一路的，我们家伺候不了这样的女人。

阿奎和朵小姐，终究不是一路人。她对生活有野心，对更好的生活充满向往和羡慕，她向往出国旅游，向往更大的房子，向往一辆好车子，向往漂亮的服装和包包，向往时常出去吃馆子，向往都市生活……她想有个能干的男人做后盾，而他随遇而安，粗茶淡饭就能安身立命，他的人生是脚踩西瓜皮，滑到哪里算哪里，他混沌，不管事。他曾经有个念头，去乡村开个养鸡场、农家乐，也被她生生扑灭了。

阿奎知道朵朵不快乐，他自己也不快乐。她给他的短信，他一直留着没删：这不是我要的生活。她要的生活，她自己挣不来，他也给不了。

春节后那几天，偶尔短信联系，问候也变得客套。阿奎说，等你回来，我们好好谈谈吧。她只回一个"好"字。

出乎阿奎爸妈意料的是，何朵朵爽快地同意了离婚，几乎都没提什么条件。房子她是没份的，他们结婚几年，没什么存款，她相当于净身出户了。倒是阿奎有些愧对朵朵，他觉得朵朵跟他几年，空手而归。以前她还有青春，有工作，现在她二十八岁，已经有过婚史了，虽没孩子，似乎又有了接盘侠，但一个女人毕竟还是艰难。阿奎是个没私心的男人，一想到真的离婚，心里只是不忍。

他问她，不想再考虑一下吗？

她说，不要了。

他说，我们不能重新开始吗？以后就我们俩过自己的日子。

她说，不必了。

阿奎走到厨房，打开油烟机，点了一支烟。

阿奎把银行卡里的几万块钱都转给了朵朵，关于他和朵朵怎么分了并不多的一点共同财产，他始终都不肯告诉爹妈实情。家里能拿得走的东西，只要是朵朵喜欢的，都可以拿走。就这样，两个青年分手了。

一个月后,阿奎辞职回到杭州,朵小姐说她已经找好住处,要带走的东西也都打了包。当初新婚时从三门娘家带过来的五条新被子嫁妆,被面看起来还有八成新,有三床被子还没用过,是全新的,也打包带走。还有五床作为嫁妆的新被子在三门娘家,从未在这个家登堂入室过,她婚龄也差不多五年时光。阿奎回来时,朵小姐去了姐姐那儿睡,第二天,姐姐姐夫陪她来取东西,大家匆匆打了个照面,阿奎帮着提东西下楼,大家说了声"再见",朵小姐和娘家人绝尘而去。车上竹儿讲起,她妈前几天还嘀咕朵小姐结婚时不照规矩,十床嫁妆被子又五床这里五床那里地对半分开了,不吉利的。朵小姐说,哪里能信这种事,离婚就是离婚了,扯被子干吗呢?

朵小姐走后,老太太愤愤地对阿奎说,这坏女人,骗子,走了好。阿奎以后讨个贤惠能干的好媳妇回来。

阿奎不理奶奶,关了门,闷头睡觉。

从此,阿奎从朵小姐的生活中消失了。他们没有孩子,离了婚,一个上千万人口的城市足够大,大到若没有巧合在哪里碰上,可以永世不见。

九　李丽珍

现在朵小姐租着望江门外的房子，月租金一千五百块的公寓小套，号称未来是地铁沿线的。经历了一系列不开心的事情，朵小姐的人生坠到低谷，她成了离婚妇女，三十岁不到。

朵小姐每天起床后，依然要花两个小时化妆拾掇自己，才肯出门。外婆给她的百宝箱里的东西，用完了又会添进新的，她舍得花这个钱，用的货都不便宜。

杭州冬日的天气，愁云惨雾，像总也欠开心的旧式女子。这日中午十一点，朵小姐起床，坐在沙发上黯然销魂了两个小时，就随便煮了方便面吃了，带上全套的化妆包出门，去给客户化妆。最早，"朵小姐"是她的客户们叫出来的。她一到，她们就招呼她，"朵小姐，你来了啊。"慢慢地，她自己也喜欢上了这个称呼。这一样个人爱好，如今已成为她生计的一部分。她不是专业造型师，不懂得那么多专业知识，但她对化妆这件事有天生的爱好，又有强烈的学习精神，她的包里有一本台湾女明星伊能静的《美丽教主》，还有《瑞丽》之类的时尚杂志。但朵小姐给人化妆的生意并不好做，也不是常有人找她化妆。毕竟杭州不是上海，每周都有时尚派对，浮华有浮华的产业需求，但杭州浮华得还远远不够。一个女人需要化浓妆出门去某个场合的机会，也不是那么多。一般的化妆术、生活妆、约会妆，简直就是都市女人的生存术，也不需要专门花钱请人。

富家女孩子，人生就三件事：男人、脸蛋、衣服。若精通化妆术，可以让人生如虎添翼。但很多女孩子其实对此一窍不通，有的不化妆则可，一化妆比素颜反倒显老显丑，这都是化妆不得法的缘故。朵小姐对化妆术天生敏感，十五六岁时即粗通此道，好学又学得快。再过几年，"小红书"崛起，朵小姐没准能成为教人化妆的"小红书"博主，熬成大V，靠流量为各种化妆品试用、代言、推荐，或者直播带货，就能实现财务自由，但那时候还没有"小红书"，也没有其他的网络平台，朵小姐生不逢时。

事实上，朵小姐目前的境遇，是在这城市，只有一间一室一小厅的出租房，没有固定的工作，没有多少存款，正在沦为城市底层女性。跟阿奎离婚后，她不想做淘宝店了。堆在家里的产品，能便宜点出手的出手，出不了手的，留着自己慢慢用，一部分就送爹妈和姐姐了。

竹儿叹道，你早知今日，何必当初呢。现在还不是不想做下去了？朵小姐说，那不一样。我自己想做就做，不想做就不做。竹儿叹息道，你倔也倔不过命。朵小姐说，我没有你的福气，我又没资本，说着眼圈就发红。

就这样，朵小姐觉得自己轻飘飘的一个人，在这城市飘浮着，不知道自己从哪里来，要到哪里去。她的体重轻了，又回到了九十多斤，化妆稍微精到一点，看起来和从前没什么两样，只是眼梢里带了些从前没有的世故，抹再多的眼霜也遮不住了。

朵小姐身体又回到了起点。她在这城市尽管已经千疮百孔，但贪恋着这座城，就像贪恋着生命。她从来没有回故乡重新开始的想法，也没有离开杭州的打算。逆境的时候咬咬牙，只要不回乡下，就不会有失败的论定。

朵小姐再次见到陈光，也是在姐姐家里的一个周末。她已经离了婚，陈光的婚，却还没离掉。因为儿子的归属问题，陈光有些舍不得还没上小学的儿子跟他妈妈远走异国，离婚的字，迟迟没有签下去。陈光的父母现在带着孙子，也舍不得孙子跟他妈远走。因为孩子，离婚的事也悬而未决。

何竹儿就劝陈光，实在舍不得，这婚也别离了，你也跟着出去，不就好了？陈光说，加拿大那鬼地方，苦寒之地，有什么意思呢？想想我就不想去。竹儿说，你儿子要是跟他妈走，也有好处的，可以入籍，以后在加拿大读书，要是在国内呢，你是知道的，现在不上个"211"，都不叫上大学。

几个老同学在饭桌上议论，朵小姐作为一名新晋离婚女士，在一旁静静地听着，很少插嘴。她听懂了陈光的困局：要他放弃杭州优越的有晋升科长机会的公务员工作，去差异那么大的加拿大，他不乐意；要放弃儿子，他也舍不得，又怕儿子跟着他以后可能会受苦。在中国，传闻中的后妈总是凶悍，他担心儿子得不到母爱。加拿大是另一种文化，女人带着跟前夫生的孩子再婚，并不是稀罕事，孩子也不会被继父视为拖油瓶。加国男人，似乎很乐意当雷锋，帮二婚甚至三婚女人共同养育孩子，所以陈光妻子在离婚威胁下，不仅不愿意回国，还要把儿子也带走。看来一个女人，去了国外，三十五岁不是问题，四十岁也不是问题。

姐姐和姐夫的温馨小家庭，就这么时常在周末收留下即将单身的老哥们陈光，和已经恢复单身的妹妹何朵朵。看起来，他们似乎各怀心事，仿佛都不记得那个戛然而止的月夜了。

过了几天，朵小姐接到陈光的电话。陈光唤她朵妹妹，说，没什么事，刚知道朵妹妹离婚了，不知是该向她表示祝贺，还是惋惜。两个人就在电话里聊了几句，陈光就说想去看她，朵小姐觉得自己租的房子太简陋，肚子又有些饿，就说不如约个地方吃夜宵，陈光虽稍感失望，不过也听从了。一小时后，他们一起去吴山夜市吃了东西，真正的夜晚才刚刚开始。西湖很近，却无心去湖边走走。陈光说，看天气好像要下雨了，去我家坐吧。朵小姐嗯了一声，也不推辞。

雨没有落下来。这是朵小姐第一次去陈光家，她未及适应看起来挺高档的陌生环境，一进屋，陈光就撩开她额前的头发说，朵妹妹，你跟我一样，我们同是天涯沦落人啊。

她被他盯得慌,避开了视线,垂头的姿态,有些发直的眼神,暗示着她的落寞。自上次跟他在月夜的葛岭唐突之后,几个月过去了。他此后没有表示,倒像是忘了她,想来只是跟她逢场作戏。现在他又来惹她,让她有一种被搁置良久又被捡起来的感觉。如今她是自由身,每一天都是空洞无边的,她倒是乐意跟他好。

那个久远的葛岭月夜的回忆,是此刻的催情剂。他把手从脖颈处伸进她枣红色的毛衣,揉搓着说,朵妹妹,谁让你上次那么狠心,很伤我的自尊。她不回答,有些扭捏。上次她有心,却是有苦难言,但她不想说,这有关她的自尊。她宁愿让他误会她是突然变卦,如今倒是有了随便怎样的自由。他说,你记得很多年前,我们一起在你姐姐那里看电影的晚上吗?她说,记得。他说,我那天就想吃了你,你有点像李丽珍——我的梦中情人。她说,男人的嘴啊。他说,我说的是真的。她说,你那时候像个书生,有点害羞,却很重地看了我一眼,看得我莫名其妙。哪像现在,他笑着去堵她的嘴,说,我早就不纯洁了。她说,我姐夫难道也会这样吗?他说,那我可不知道。男人越老越坏,越来越好色。她说,那我要替我姐姐担心了。他说,你担心自己就好了，你才是个小可怜。他亲她。他说，女人有过经历后，也是越来越好色的，你不知道吗？她含糊地说，我不知道，你乱说的。

他的家不算大。他不带她进房间，似乎已决定要在沙发上成其好事。沙发是棕色的皮质，带着中产阶级气息。他不知道什么时候已打开了电视机，电视机正在放一部婆婆妈妈打打闹闹的连续剧，她不知道陈光为什么要开电视机，难道怕邻居听到声音？但是陈光的迫切和饥渴是明显的，他和朵小姐向沙发倒下去后，随即又坐起来，将她抱到了他腿上，撩起她枣红色的毛衫，解掉了她胸衣的扣子，手上用了力，又问：朵妹妹，想不想我？他的手稍微有些凉，这一串简洁明快的动作，让朵小姐忽然感觉到全身心的自由，解放，好像她只靠自己还自由不了，解放不了似的，需要借个外力，和陈光肆意狂欢一下。朵小姐闭上眼睛，身子向后仰倒。他是她这一天的救世主。他说，现在你充实了吧？不寂寞了吧？他们就这么坐着交缠着。

完事后，朵小姐去了趟卫生间，在镜中再次看见自己，那副无所谓的、想要麻醉自己的表情。虽然不过二十八岁的年纪，却已是离婚妇女。她细细看着自己的脸，总没有当初二十二三岁未嫁之时的好。想起刚才陈光说，女人也是越来越好色的,她叹息了一声。

后来几次,都是去陈光家里。客厅、浴室各一次,房间的门却始终是关着。朵小姐不愿意多想,她只想通过跟陈光厮混摆脱彼时的沮丧。陈光呢,觉得朵小姐是不错的性伴侣,因为是大学同学兼好友的小姨子,隐约带着一丝禁忌之乐。

他们也就厮混了三五个月,从春天到夏末,从热烈到冷却,渐渐地云收雨散,他口中的"小一号的李丽珍"失去了光芒。陈光不再有电话。朵小姐也不再主动打电话。她就是愿意守着这么一点尊严,不主动送上门去。她明白陈光对自己是怎么想的,他们不属于同一个阶层。陈光从前没看上她,现在应该是更看不上了。他三十四岁,虽离了婚,但前途光明,又是一条好汉。她有什么呢?他说得那么直白,你只要往那儿一躺,我就硬了。或许男人眼里,现在的朵小姐比她姐姐何竹儿性感,因为何竹儿有良人气质了,让人产生不了邪念,也不忍伤害。但朵小姐除了一个已经可以自己做主的二十八岁身体,还有什么呢?

朵小姐不希望姐姐姐夫知道她和陈光曾经的苟且,陈光应该也不会透露。在陈光心里,或许他与何竹儿夫妇的同学情谊,要比跟朵小姐的男女关系更值得珍惜。

后来朵小姐得知,陈光离了婚。为了儿子的前途,到底是让儿子去了加拿大,跟他妈妈一起生活。他答应每年去加国探视一次儿子。儿子圣诞假时,也可以回国探视爸爸一家。沈波说,拎得清的人,总是该讲感情的时候讲感情,该讲理性的时候讲理性。

陈光现在是单身了,仕途不错的公务员,正科级,也许一两年后就是副处,再一步步往上升。这城市不会缺少各类优质剩女,没有拖油瓶的陈光,再次杀回婚姻市场,简直比婚前更为抢手,再说离婚的原因也够高大上,陈光要重新出发了。

有一次朵小姐在姐姐家吃饭。饭桌上,竹儿说起,陈光怎么好久不来啦?姐夫说,他呀,现在是单身贵族了,没准谈恋爱都来不及呢。朵小姐埋头吃菜,一声不吭。

十 一个梦

夏日的一晚，朵小姐夜半醒来，倒了一杯水喝。她摸出手机来，用自拍功能照镜子，镜子中的自己，眼圈有一点浮肿，想对自己做个妩媚的表情，却使不上力气。

刚才梦中，她竟然跪在伟国面前，要伟国收自己做偏房。伟国还一脸嫌弃，笑她，你大小姐现在想到来找我了。以前八抬大轿娶你都不肯。伟国说着，捏了一把她的脸，像上海黑社会老大杜月笙那样说话：当然，看在我们以往的情分上，我会要你的。但是，你只能做小了。

然后云雨间，她带着屈辱和亢奋，用低眉顺眼的样子勾起伟国狂野的欲望。她好像变身成《金瓶梅》里的李瓶儿，伟国则成了威猛的西门庆，她迎合得万般缱绻。她又看到自己和陈光，还有姐姐姐夫几个人一起，在姐姐家的客厅看《金瓶梅》，看得心猿意马时，突然听到啪的一声，谁扇了她一耳光，耳畔响起伟国的谩骂：淫妇，你不像从前那么水灵灵的了。她的脸一阵火辣，就此惊醒。

凌晨三点，夜还很长，她再也睡不着了。就着梦的启迪，她决定思考和伟国的未来，她不知伟国是她未来的希望，还是噩梦。

朵小姐和沈伟国的再一次相逢，本应该是在中秋节前。伟国的儿子已满三岁。一家三口来杭州玩，本想在杭州过中秋节的，但伟国的妻子娘家有事，匆匆带着孩子先回义乌了，伟国留下来，说要处理生意上的一些事情。

朵小姐接到伟国的电话，是中秋前夜。伟国说记着她托他的事，如今分公司他差不多已经布局好了，要不趁这几天有空，把朵朵托的事儿办了吧。她表示感谢。挂了电话，她一闭上眼，一个多月前做的那个跟伟国的梦又清晰地浮现上来，她再度看到了画面。那夜惊醒后，她感到了羞耻。梦中的一切像真的发生过了，她跟他做爱，被他叫淫妇，被打了一耳光，被他评判不如从前水灵了。这一层层的羞辱纠缠着她，过了半小时，她又打电话给伟国，说，忽然想起来，中秋节她要去看外婆。伟国说，那就等下一趟我来杭州约你吧。

于是和伟国的见面被她推迟了一个月，但她知道自己终究还是会再见他的。一个月后，伟国又来杭州，如约又给朵小姐打了电话，朵小姐不再犹豫，她不敢再矫情，以致再次错过伟国。

伟国住在友好饭店。离西湖近，出门办事方便。约了朵小姐在友好饭店顶层的旋转自助餐厅吃饭，朵小姐梳洗打扮了将近两个小时，才出了门打车。

隔了好几年，再次相见，物是人非。朵小姐在酒店铺着地毯的走廊上走着，心里七上八下的，感慨岁月无常。从前她去的是伟国随随便便的出租房，里面就是个单身汉的杂乱味道。现在，伟国来杭州都住在酒店里。

那天，朵小姐积蓄了全部力量，想在伟国面前扮自信的。想回到当年她在伟国面前傲娇的样子，如果伟国笑话她现在的处境，她就淡淡地一笑了之。

她敲门，伟国出来开门。门内的伟国穿着白衬衫，皮鞋锃亮，一身的精气神，几年不见，伟国看起来还比从前骨架大了一号，也不见老，皮肤变白了一些。大概是婚姻生活的滋养吧。她心里不由得一叹：伟国，看起来比以前顺眼多了。

伟国把她让进房间后，请她在沙发上稍坐。不那么热情，也不那么冷淡，她第一感觉，心里涌起一股被怠慢的不平，仿佛他是在招呼一个客户，而非旧情人。他从衣橱里找出一件西服，对朵小姐说，不早了，我们吃饭去。

在酒店的餐厅吃饭的时候，朵小姐觉得伟国比较客套，再没有从前跟她的亲昵了。他没怎么问她的近况，只淡淡地说他现在特别忙。其实他几乎每个月都会来杭州，因为杭州有业务正在拓展。他说在杭州买了房子，暂时还没装修，还是住酒店比较方便。

她问起他儿子，他就给她看了手机里存着的儿子的照片，还有一家三口的全家福照片。他的妻子年轻、漂亮，很知足的小妇人，现在是全职太太。

眼前的伟国，可谓春风得意，她发现他身上比从前多了一种什么东西，对，是气度，伟国以前没有这样的气度，她有时候还会嫌他猥琐。伟国现在能将白衬衣穿得得体，从前他老是穿那种说不清颜色的暗沉的T恤衫。看来伟国的太太，是懂得替他收拾光鲜的。

她的心思全不在吃上，吃得无滋无味。伟国疏离而又矜持，现在他对她是真正的淡漠了。朵小姐在伟国那儿遇冷，倒是没料到。她习惯了伟国从前看她带着霸道占有欲的眼神：他眼睛里那一点热切，一点迷恋，甚至有一点恶狠狠。那时候，她以为自己可以飞，总想摆脱伟国的这种眼神。

伟国淡淡地说，明天我抽时间，陪你去看两个铺子，由你选一个，就定下来吧。朵小姐嗯了一声。伟国接着说，不过明天的时间还定不下来，你等我电话吧。这是她眼下最需要的，关系到安身立命。可是，这个目的眼看快达到了，她怎么还是觉得有什么期望落了空呢。

吃完饭，九点钟不到，伟国看了一眼手表，说晚上还有几封国际商务来往的邮件要回，不送她回去了。他没有再请她去房间坐坐，直接乘电梯送她到楼下，让饭店服务生叫了出租车。伟国如今是个忙碌的商界人士，在大堂明亮的灯光下，她注意到他手上戴的表，那一定是一块奢侈品名表。

等她上了车，伟国就转身走了。朵小姐在出租车里望着他的背影，直到看不见。

回到家，她狠狠洗了一个澡，躺到床上去。现在素颜的她就像卸掉了所有的武装，身体的弦松弛下来，一点力气也没有了。房间很小，可还是觉得很空很空。终于见到伟国了，他们却什么都没有发生。朵小姐埋在被子里，嘤嘤地哭了起来。

第二天，怕伟国一早约她，朵小姐早早就起了床，认真地梳洗打扮。她每一天的自信心，就在这私人仪式般的装扮过程中建立起来，也仅够支撑一天。所以，这样的仪式第二天还得重来，日复一日。

朵小姐在屋里坐立不安，可伟国的电话迟迟不来，百无聊赖地，挨到晚上八点，他才打来电话，伟国说，要改到明天。她只能再等。

第三天，伟国上午九点就约她到环北小商品市场。看了一个店铺，又开车带她去看城东四季青市场那一片的一个店铺，门面要更大一些。伟国早不开帕萨特了，现在开的是奔驰。他们看完店铺，才中午十二点。他带她去建国南路吃一家韩国料理，馆子不大，人气很旺。奔波了两处，她有了胃口。烤牛肉的炉子吱吱地冒着热气，两个人的鼻尖上，都有小小的汗珠。

以前他们是时常坐在一起吃饭的，爱吃的也是小馆子，吃菜的口味还算合拍。这场景，多少会勾连起一些旧心绪。

吃着吃着，朵小姐停下来，说，我离婚了。

伟国只哦了一声，她以为他会说，我就知道。他却不做评论。

然后她只顾自己讲,这一段感情的不顺心,她觉得对伟国是越坦然越好。不知不觉中还夸大了婆媳矛盾,而阿奎成了不敢违抗母命的乖儿子,是个好人,却仍然令她失望透顶。经历了这段时间一个人过的寂寞,现在她需要有个人倾诉,没料到这个人竟是伟国。

伟国只是静静地听着,并不表态。她今天就是话多,又问他过得怎样。伟国说,我老婆好像很旺夫。她不上班,负责带儿子。

你生意做得怎么样?朵小姐问。

还不错。你信不信,我有上亿资产了。伟国从容道。

她感到自己的心抖了一下。伟国成了一个天文数字。她知道伟国是个精明的生意人,自从接盘父母的生意后,他似乎换了个人似的,俨然是年轻有为的"少东家"了。在生意方面,他从来不瞎吹牛,仿佛就是天选的生意人。如今他的发达是她不曾料到的,不过五六年光景,伟国怎么这么有钱了呢,他突飞猛进的发达正衬着她节节败退的贫贱。

他们抬头四目相对的一刻,伟国看到了朵小姐眼中的受伤与不甘,她还像小鹿一样,因为撞上他的目光受了惊,这似乎触了他一下。人都是有记忆的,当然也不是那么容易健忘的。

他初识她时，她仍在花之含苞待放时。是他在一次次的亲狎纠缠之后，让她成了女人。现在她比从前憔悴多了，美貌开始衰退，这逃不过伟国犀利的眼睛，可她的憔悴仍然会打动他。她曾经在他面前很骄傲，一个农村姑娘仿佛自己是谁家的大小姐，现在她快一无所有了，却仍有一颗好高骛远的心。伟国不知道，这才是何朵朵身上最吸引他的地方。

他给她点了一份西米露，看着她吃饭，结账。他说下午他还要见人约谈，她就说自己打车回去。

朵小姐不知伟国是哪天离开杭州的，他没有跟她说起。店面的事，不出一个月就定了下来，接下来，朵小姐旧业重操，开始忙碌起来了，心想伟国现在真正是她的老板了。她也知道，他如此不计前嫌，帮了她的生计，当然还是因为她曾经是他的女人。他爱过她。她忽然想到了"爱"字。

几个月后，朵小姐的玩具批发铺子开张。她凭着感觉，将铺面的货架布置得像个小小的展览室。放在最显眼处的，是一排金发碧眼，或苗条秀丽，或丰乳肥臀的芭比娃娃，此后生意渐渐红火起来。伟国的货源好，她也在网上开了淘宝店，取名为"朵小姐的芭比之家"。因为找人设计了店铺，拍了些漂亮图片，网店也渐渐有了些人气。朵小姐有了自信，认为自己做生意还是有点天赋的。

在市场几个月待下来，又有了人情往来。在人声嘈杂的四季青，贩夫走卒夹杂其间，有几个四季青摊主，做服装和鞋业的个体工商户，三十几岁四十上下，对朵小姐有兴趣，老是来献殷勤。相熟了，知道她单身，言语上便有些轻薄，朵小姐都是淡淡地对付过去。他们不知为何也单着，看上了样貌娇俏的朵小姐，虽说都是小本生意人，可朵小姐心里觉得，自己跟他们不是一路的。有了上亿身家的伟国在前，她也很难看上一般男人了。

却说伟国的妻子又怀孕了。孕期三个月不到时，嘴巴很馋，总惦记着美食。有一天伟国人不在义乌，妻子夜里约了小姐妹出去吃夜宵，一个没看清楚，很晦气地在夜市大排档的阴沟边跌了一个大跟斗，回家后几天，竟流产了。医生忠告，以后若再怀孕会有风险，最好是不要再生。伟国本已有一子，但义乌的生意人都喜欢有两个以上孩子，都是富裕家庭，有的生到三个小孩，才心满意足。伟国嘴上不说，劝慰妻子别太难过，反正有一个儿子了，心里仍是觉得遗憾。

朵小姐听说伟国又要来杭办事，这次要待大半个月，就邀请伟国有空去她那里"视察工作",伟国爽快地答应了。到杭州的第四天下午,就去了朵小姐的铺子。但见朵小姐穿着大红色的呢子大衣,娇娇俏俏地坐在一排芭比玩偶的货架前,显得她就像个大一号的、会活动的芭比玩偶。

已经下午四点多了,正是冬天,天暗得早,伟国看着朵小姐又很得体地做完两单批发,闲了下来。他端详货架上的玩偶们,笑道,看来你是真心喜欢芭比娃娃啊。朵小姐笑着答,你培养的啊。伟国说,这倒也是。朵小姐说,你以前送我的那个金发娃娃,我都舍不得丢,一直留着。伟国当然记得,只是打趣道:再是大美女也不能当老婆啊,只能看看。

这天,朵小姐比平日早一点打了烊。伟国帮着收纳整理,放了卷闸门。虽贵为董事长,如今他干起这个来,依然是顺溜得很。朵小姐麻利地上了锁,如今的沈董事长,像是重温了往昔接盘家族生意前的杭州岁月。朵小姐感叹,你还会这些活儿啊,伟国说,当然会了,人不能忘本啊。义乌哪个老板不都是这么苦干过来的。两个人一起离开市场时,朵小姐故意绕着市场走了远路,路过一家家铺子,想让那几个总是黏上来的男人能看到他们。

出了四季青市场,朵小姐坐上了伟国的黑色奔驰,天已经半黑了。朵小姐想起从前伟国的那辆帕萨特，愣了一愣。伟国笑笑说，这部车都快旧了，鸟枪换炮了。朵小姐说，我记得以前是银灰色。伟国说，你学车了吗？朵小姐说，还没。伟国说，那有空去把车学了吧，你可以开我的旧车。朵小姐好奇道，那辆帕萨特还在啊？伟国笑道，早不在了，我说的是另一辆小宝马，旧车，反正空着，你想开就可以开。朵小姐不语。车一路开着，到了红绿灯路口，伟国说，你也不问问我带你去哪里啊。朵小姐答，随便你呀，我哪里知道，你有什么新奇想法。

伟国就道，不吃饭店了吧。天天吃饭店，我真是腻味了。我吃你做的。朵小姐惊讶了一下，不好推辞，就领着伟国往自己家方向开去。路过一个大超市，让伟国停了车，他们进了超市，买了一些菜带回去。螃蟹挑了二公二母，排骨、牛肉、山药，几个鸡蛋，一把青菜，伟国又买了一箱干红。

朵小姐的小屋，收拾得也算干净温馨。只是屋子的地上颜色昏暗，只有旧瓷砖铺着。这离婚后的单身女人寒舍，伟国是第一个上门来的男人。前夫阿奎和陈光都没有来过。曾经，朵小姐和陈光打得火热时，她每次都是去陈光家里，从来不提让陈光到她的住处，也不要他送，生怕被陈光小看了她。但伟国不一样，伟国从前在杭州时，也是这么混的，日子也过得潦草，她知道他的底色，故不怕他看见她当下的真实。

客厅太小，伟国径直去了房间，脱了鞋子，在床上歪靠着。累了一天，此刻很想让朵小姐过来给他按摩一下。不过朵朵要弄晚饭，在厨房忙着，他就干脆打个盹。不一会儿，迷糊中听到朵小姐叫他，原来是她把绑着螃蟹的绳子剪了，结果螃蟹乱爬，她不敢抓到锅里去蒸。伟国起身去厨房，对付完了四个螃蟹，就把手搭在朵小姐的腰上。他说，本来我都要睡着了，却被你叫醒了。她烧饭时，围裙也不系。大衣脱掉了，只撸起了粉色毛衣的袖子，黑色的短裙紧绷在身上，曲线毕现。伟国在厨房旁观了一会儿，就站到朵小姐的身后，手又移到了她的臀部，朵小姐两只手都忙着，也不理他，只顾自己利索地打鸡蛋。伟国觉得无趣，又去了朵朵的房间，靠在床上。

没多久，桌上三菜一汤摆好了，红酒杯也摆好了。蒸螃蟹、山药炖排骨、虾皮炒鸡蛋、青菜油豆腐，卖相颇好。伟国兴致勃勃地开了一瓶红酒，他们已经有好几年没有这么相对着吃过饭了。

吃饭的时候，伟国伸了个懒腰，说，你做的菜就是好吃。以后在杭州，我就到你这里搭伙得了。

朵小姐说，不过是家常小菜，吃多了你也会腻味的。

伟国说，那就看你怎么来留住我的胃了。

朵小姐说，我又不是你的厨娘。

伟国道，我又不会白吃你的饭。说不定啥时候，你就盼着我来吃你的饭了。

这时两个人酒都已喝得微醺。朵小姐趁去洗手间，又略施了些粉，抹了浅浅一层玫瑰色的口红，怕自己身上有厨房的味道，就在耳根处涂了一滴香水。回来后，桌上已是一堆的狼藉。两个人实在吃不动了，朵小姐起身收拾桌子，把碗筷转移到厨房的水槽里。正冲洗沾了油腻的抹布时，伟国也跟过来，说，明天再洗吧。朵小姐回转头接住了伟国的吻。兴起时，伟国说，现在后悔了吧。朵小姐不回答，只承受他的冲击。伟国又说，朵朵，你后悔不？朵小姐心里一委屈，就哭了起来，越哭越响，哭了个痛快。他没有再说话，把她抱起，抱去了床上。

他在她那里过了夜。她一直埋在伟国的胳膊里。临睡前，他对她说了一个计划。要将从前最让他销魂的她的样子制成一款芭比，现在他是玩具业大老板了，这样的事，做起来并不难。

十一　*海棠*

现在伟国到杭州，没有应酬的时候，基本就在朵朵家里吃饭。朵小姐肩负起伺候好伟国的胃的厨娘角色。她现在做菜也是上了心的，有时还会翻翻菜谱，牛排之类好的食材，会直接定点网购。她学会煲味道很好的火腿野鸭煲，这是伟国最喜欢的，还会做松子桂鱼。伟国来的日子，像是过节，每次两个人的这顿晚饭，从六点半会一直吃到九点，伟国来的日子热闹有趣，反衬出她平常那些日子的冷清。朵小姐也不是纯粹的厨娘，伟国倒是将这里当成了旧社会姨太太的小公馆了。如今地位变了，他也不嫌弃朵小姐的出租屋寒碜，或许，他终归是也曾住过出租屋的伟国。

来的次数多了，朵小姐感觉出伟国有自己的盘算，好像正在考察她似的。有一回两个人吃饭，朵小姐接了个电话，听得到电话里是个男人的声音，朵小姐当着伟国，面上有些不自然之色，伟国的脸色，就阴了一阴。

那晚在床上，他就特别使了劲，有些故意折腾她的意思。朵朵累了一天，有些乏力，要跟他求饶了，这下伟国更嘚瑟了，对她说，你以前可不是这样的啊。这句话，事后令朵朵忐忑地回味了半天。

人说好马不吃回头草，看起来他们两个都不是好马，倒也正好凑成一对。朵小姐是没有更好的路可走，现在伟国是她的恩主。伟国呢，正春风得意，在异地找个女人玩玩并不难，为什么还要她呢？朵小姐也是不安且迷惑的。

这样过了一阵，伟国还是细心地照拂着她。伟国要她店里再雇个伙计，自己不必天天在那里盯着。他给了她考驾照的学费，催着她学了车，拿到了驾照，然后把一辆七成新的宝马车交给她开了。他说，你新手上路，旧车剐蹭一下也不要紧，不要怕。朵小姐于是开上了她梦寐以求的宝马车，她总是把车洗得干干净净。她看到街上有很多年轻时髦的女人都开这款宝马车。伟国说，你这样不是更有当老板娘的感觉吗？朵小姐听着，心里是欢喜的。

年后，伟国在杭州的业务更大了，索性在市中心租了套商住两用房当办公室，成立了杭州办事处。伟国一个月里，有三分之一的时间待在杭州了。

伟国对朵小姐也没腻味，来的次数比年前更多了。伟国来的日子，朵朵就不去店里了。要养精蓄锐，准备吃的，把自己收拾好。等他来了，吃好喝好，他从来不让她当天晚上洗碗，饱暖思淫欲，两人沐浴，现在床上的节目变成共同的期待了。朵朵发现，伟国在床上的表现比从前强了，而她自己的欲望就像得到了他的挖掘，也比从前强了。他和她依然是很好的一对。

又到朵小姐生日，她发现，他依然记得她的生日。那天伟国从义乌赶到杭州，带了一个礼物给她。她打开礼物盒，顿时惊呆了，又是一个娃娃，那不是二十岁出头时的自己吗？这是一个朵朵娃娃，穿浅紫的蓬蓬裙，浅紫色的高跟鞋，身材玲珑娇小，双颊红润润的。朵朵笑道，原来你才是芭比控。伟国说，你就是我的芭比。我初见你时，你就是这模样。朵朵说，我现在老了吧。伟国笑道，现在没老，你我以后都会老。

伟国送的生日礼物，当然不仅有朵朵娃娃，朵朵还得到一条项链。那晚伟国猛浪起来，兴之所至，将朵小姐摆在房间梳妆台上的一排各款芭比娃娃，全都脱掉了衣服，和裸身的朵朵并排躺在床上，最后脱了那款定制的朵朵芭比的衣服，放在真人朵朵的身体上，朵朵被这疯狂的气氛感染，浑身酥麻得不行，也觉得自己彻底成了伟国的女人，不管是否出于伟国的变态或者执念，她是他的朵朵芭比。那一晚，他和她的情与欲，都到达了巅峰。她脱口而出，喊他"老公"。

此后朵小姐在伟国面前，变得越来越乖顺了，上床前看电视的时候，现在她会主动依偎着他，主动去吻他，抚摸他。伟国并没有变得高大伟岸起来，这大概是伟国一直来得频繁的原因吧。毕竟是知根知底的，从十八岁的少女到三十岁的妇人，伟国都经手过，伟国的感觉也会不同，这就是岁月。他一个生意人，平时讲的是交易，但慢慢地，他觉得朵朵是真正的自己人了，她好像真的成了他的肋骨。是他念着旧情，把她从贫贱生活中拉出来，否则她在这个城市孤身一人，不知要落魄成什么样子。一想到这里，伟国的灵魂就生出拯救者的满足感。那地方也会更加傲然地挺立起来。

两人交合得多了，亲密无间。在床上时，朵小姐越来越放松，有时也会浪一下。有一天，趁伟国兴致极高地对付她新买的情趣内衣时,朵朵问,你现在是大老板,要个女人还不容易?为什么还要我呢?伟国说,我要是不要你呢,在你那里,我始终还是一个失败者,你以为我愿意当失败者?朵朵笑起来,说,那你最好等到我求你要我时,你再拒绝,那不是更过瘾。伟国说,你以为我会放过你?我是故意不动声色,先晾你一下,好让你着急。朵小姐老实说,我真以为你把我忘了,你不稀罕我了。伟国说,怎么可能?你信不信,那天你上车后,我晚上就一直想你。朵小姐脸色绯红,这种时候也只能服软,让伟国快意恩仇,宛如皇帝临幸妃子。于是伟国当上了皇帝,朵朵也有了当宠妃的快乐。朵小姐又问伟国,到底我哪点吸引你了?伟国就说,就是软,女人嘛,就是要软。男人硬了,女人就要软,这样就叫阴阳调和。朵小姐听了,若有所思。

有一晚,伟国说,来吧,今天把你哥哥伺候好了,我给你杭州买套房子。朵朵嗔道,那不也是你自己的家吗?伟国说,这倒是的。房子的话,伟国是当真的。不过房子并不是轻易能到手的,伟国原先在杭州买的那套房子,是不能用来安置朵小姐的,得动用他的私房钱,另外买一套。他又说,朵朵,你给我生个孩子吧,男孩女孩我都喜欢。

朵小姐的内心挣扎了几回,伟国是有家室的,从前夫人不做，如今竟走到做他二奶这一步了，如果再成为私生子的妈，还要搭上孩子当二等公民，她觉得不妥，还是心有不甘。

于是趁伟国不在，朵小姐悄悄出去相亲了几次。相亲市场上见过面的男人，年纪都比自己大十岁以上，还有孩子，家境更是一般。才约会到第二次，男人就很直接地提出上床，对她动手动脚，让她心生厌烦。

有一段时间，伟国出国去了，要去欧洲走一圈谈生意，半个月后才能回来。朵小姐在一个交友平台遇上一个四十岁的温州人，做生意的，离了婚，一个女儿归女方带，在温州有房有车，在杭州也有房。这个男人身高一米八，似乎对娇小的朵小姐很有兴趣。两个人在网上热聊了两个星期，男人天天跟她说早安晚安。这天男人说来杭州有公干，忙完生意了，提出想要跟她见面，她出于好奇答应了。她被温州男人请了顿饭，地点在西湖天地的一家日式居酒屋。饭后，他说他就住在隔壁的大华饭店，房间能看见西湖，请她去坐坐，喝一杯清茶。碍于享用一顿大餐的情面，朵小姐答应了。走了几步路，到了他的房间，才坐下没多久，茶还没泡，对方就过来把她抱了起来，说他最喜欢个子小巧又有点肉的女人。说着手开始乱摸，朵小姐想抗拒，对方说，别装清高了，我们都是成年人了，不然你跟我来宾馆干什么。朵小姐眼看着自己要吃亏，推开男人，抓起包就走了。一路上想，我怎么会踏进人家开的房的呢？心里就有些后怕，怕万一伟国知道了会发怒。跟这些陌生男人比，伟国显然更好。

伟国回杭州前一天，朵小姐注销了所有的交友平台，她下定了决心，要跟充满不确定性的、动荡的一切过往告别了。

朵小姐是怀孕之后住进伟国为她准备的新房的。杭州城北一百二十平方的两室一厅户型，精装修的房子，有个好听的名字，叫枫丹白露。新房客厅的博物架上，放满了各式各样的芭比娃娃。这些娃娃都是正版的，价格不菲。一半是伟国送的，一半是她自己买来收藏的。

住进枫丹白露之后，朵小姐就很少去店里了。怀孕之后，伟国来得不如从前多了，不过每个月都会来枫丹白露住几天。朵小姐的肚子一天大过一天，气色更是红润了，无聊的时候摸着自己肚子，她很想争气点生个儿子，男孩子就不会再受她受过的那些苦。

朵小姐临盆那天，伟国还在义乌赶不过来。是个女儿，胖乎乎的一团小肉肉，朵小姐看着这小东西微微叹了口气，还是和自己一样的，女子。她姐姐何竹儿也是生女儿的，伟国会喜欢这个私生女吗？

奶水很足，小婴儿吸吮得贪婪。她发短信告诉伟国"母女平安"，只收到伟国一个字：好。这是什么意思？这下她更不知母女俩未来命运如何了。她母亲倒是从乡下赶来陪她了，一看是个女儿，而且几天也不见女儿的男人过来探视，就重重地叹息。她不说，母亲也知道这是个私生女。

一周后，她出了院，抱着女儿回到枫丹白露。伟国终于赶到，看伟国面有疲色，朵小姐敏感地问为什么这些天才过来，伟国说有些事情，还好都解决了，就去抱女儿。

孩子出生后，伟国很高兴，总喜欢抱着逗她。女儿抱在伟国的手里，朵朵的心就踏实下来。现在伟国是义乌、杭州都有家，家外有家，孩子一边一个。他承诺孩子三岁后就把房子过户给朵朵，让她好安心带好孩子。朵小姐想想自己捡回伟国也许就是天注定的，她也不敢再奢求什么。虽说没有夫妻名分，但有了房子，有了孩子，有尚未变心的半个老公，也没什么可埋怨的了。当初自己年轻不懂事，硬是不要伟国，要不伟国的家当，现在也都是她的。她就是没有那个富贵命，只能认命了。

有时候给女儿喂奶，朵小姐的眼睛会湿润起来。在杭州城几年岁月的种种波折，让她心气渐短。她拼却了三十年的力气，才在这个城市真正地扎下了根。在这城市，有些外来的女人比她有福气，也有一些外来的女人，连她的这点薄福都享受不到。

伟国说，女儿要富养的，他也确实很疼这小小的女娃儿，一来家里就抱。第二次当爸，伟国当得特别高兴。有一次，伟国说了句话，让朵朵一生中第二次被他感动。他给刚满月的女儿取名字，伟国点着小婴儿的小鼻子说，你是春天生的。你妈呢，我看她最像海棠花了，你现在天天睡觉睡不醒，海棠春睡，你就叫棠棠吧，大字就叫沈慰慰，安慰的慰。你是爸爸妈妈的安慰。

朵小姐的爹妈见何朵朵没个名分就生了孩子，叹气了几声，也只能接受了事实。她妈有空时也会来帮着带孩子。见伟国真的是很喜欢这女娃儿，一来就"棠棠""棠棠"地逗女儿玩，朵小姐的妈，心里对伟国竟生出几分感激之意来。何朵朵家中七七八八的事，有搞不定的，比如朵朵的弟弟找工作，朵朵的爸看病等等，都是伟国出钱出力地照拂着，比真女婿沈波还管用。于是伟国爹妈还有姐姐弟弟，也将伟国当成了朵朵的夫婿。

转眼朵小姐要过三十二周岁生日了。生完孩子后，她的身材稍微胖了些，再也恢复不到从前了。有一次，她破天荒地接到阿奎的电话，阿奎说自己真的在乡下搞了个农家乐，他觉得这样挺好，准备结婚了。朵小姐却不说自己已经生娃的事。阿奎挂电话后，朵小姐眼前浮现出阿奎高大的身影，自己摇了摇头，又笑了笑。心想，以前年轻，真是笨。男人个子高点矮点，又有什么关系。

伟国跟她的性事，比从前少多了，让当了母亲后的朵小姐有几分寂寞之感。伟国的注意力似乎被女儿棠棠分去了很多，总是叮咛朵朵要把女儿照顾好。让朵朵恍惚以为，自己和伟国的缘分，是因为更深的伟国和棠棠的缘分带出来的。有了沈慰慰，朵小姐也来不及寂寞，立志要富养一个小公主，没再管店里的事了。

枫丹白露的家里，摆着他们三个人的合影。伟国那边的老婆，也从来没有闹上门来过，朵小姐好像知道，伟国肯定能摆平这事的，她心里也暂时是踏实的。

十二　里斯本

三十五岁那年，朵小姐处心积虑再次备孕，在发现头上第一根白发的同时，终于成功怀上了二胎。等伟国到枫丹白露别院探望，发现朵小姐的肚子再次傲然挺出时，柱子哥在娘胎里已经三个多月了。

朵小姐本以为这是给伟国添乱，私生子一个就行了，难道又添一个？她心里忐忑，怕伟国以为她是在拿肚子里的孩子要挟他，以此来逼伟国离婚，正式娶她，会不会触怒本已激情消退的伟国？自从她当了母亲，伟国就不再送芭比娃娃给她了。

摊牌是在朵小姐三十五岁的生日宴上，一家人坐在西湖边的一处庭院餐厅,吃日本料理。棠棠的童花头煞是可爱,伟国跟女儿开玩笑,棠棠真是一粒樱桃小丸子。棠棠笑嘻嘻说,宝宝这里有一颗,妈妈肚子里还有一颗樱桃小丸子。

伟国目中有深意地望着朵小姐,询问的意思。于是朵小姐干脆说,我想生下来。

一道寿司上来,伟国喂棠棠吃寿司,还拿芥末吓唬棠棠,说这是绿毛虫变的,要不要尝尝绿虫虫的味道?棠棠就咯咯地笑起来,说,爸爸我要吃绿虫肉肉。后来被呛了一口,又嘎嘎笑着说:绿虫虫欺负宝宝啦。

朵小姐默默吃寿司,等伟国表态。好像等得有点久了,伟国忽然说,是我的种,当然要生下来,又不是养不起。又夹了生鱼片,放进嘴里品着,半晌才说,不过你换个地方生。

你是要我躲回三门老家?朵小姐奇怪。

你别急,我来安排。伟国道,我猜这次你怀的是儿子,我们不在中国生。

数月后,朵小姐挺着大肚子,和伟国、棠棠一起来到了葡萄牙里斯本。她在这里待产。朵小姐坐在大房子望得见海的露台上吹风,还在恍惚柱子哥会降生在这个陌生国度。

露台另一侧的伟国，理了精干的寸头，面朝大海，胸有成竹的样子。他现在喜欢穿各种款式的白衬衫，早已告别了当年的土气。他告诉她，他在下一盘很大的棋。近来风声有点紧，为了资产的安全或者说转移，他打算先跟义乌那边的正牌妻子假离婚，再跟朵朵办个结婚证。这样，他所有的孩子都有了合法性，公司财产也更安全了。如今公司扩张，总部设在上海了。义乌的玩具厂是他妻子在管。沈慰慰出生后，伟国觉得女儿简直是自己的小幸运星，一路顺风顺水，他不仅做玩具生意，还涉足地产行业，但生意终归是有风险的，有一些不可控因素，因为很多玩具都要出口，还有山寨问题，还有融资问题。一旦被抓，罚得你几年不得翻身。地产方面的灰色地带，让伟国也时时吓出一身冷汗，他一度想退出，却发现已经被拖住，来不及后悔了，只能勇往直前。

几天后，伟国说，妻子已经同意办假离婚了，也许她并不知道伟国家外有家，也许知道。反正伟国的不动产，基本在她名下。

朵小姐不懂伟国所有的生意是怎么回事，她只想要那张结婚证，也不想追究伟国那边是真离婚还是假离婚。这样下次回三门老家，带着伟国和孩子们走亲访友，她的腰杆才可以真正挺起来。

伟国没有说明朗的是，他在里斯本不仅是陪朵小姐母女，还是在避风头，不过伟国觉得这些年自己运势不错，每次都能化险为夷。他妻子在管理的义乌的玩具厂出了点事，伟国未料到妻子做事比他胆子大。这段时间义乌当地一个官员先出事了，进去了，伟国和妻子担心被牵连，怕他供出受贿的事，仅他们这一家玩具企业，几年中就贿赂了那官员近一百万元。妻子眼看着风声吃紧，要伟国赶紧避风头，两人为了保全财产想到了假离婚。伟国就带着怀孕的朵小姐来到了里斯本。这里的房子是他不久前的一次投资，买房还可以办移民，他当时就考虑要让朵小姐母女先过来。

那两个月，在朵小姐看来是一家人的幸福时光。他们在异国又恢复了生活的热情。朵小姐怀孕后，因激素水平高而增添了特有的性感，她身上的奶香也吸引着他。除了床上的幸福，伟国似乎还喜欢干园子里的活，从市场上买了各种花草的种子种下，说，明年这里就会成为花园。也是这个初秋，伟国教会了棠棠游泳。

这时，朵小姐怀孕七个月，身体状况良好。伟国准备回国了，说，虽然在这里做神仙，终归还是要回去劳碌的。朵小姐依依不舍地送走了伟国，看他向她和棠棠挥手，在"爸爸，爸爸"的叫唤声中，伟国消失在机场安检口的尽头。

但从此伟国仿佛从地球上消失了。朵小姐找了他一个月，仍杳无音信，各种方式都联系不上。没有人告诉她，沈伟国去了哪里，她也不知道伟国妻子的联系方式，她连他妻子叫什么名字都不知道。她也不知道，现在那个女人是他妻子，还是前妻。伟国走的时候说过，他很快就会回来的，因为要在朵朵临盆前办好结婚证，让孩子有合法身份，他只给母女俩打了三个月的生活费。

朵小姐打电话到杭州、上海公司那边，都说老板最近人都不在公司。因为仍是地下关系，又不敢大张旗鼓地找到义乌那边伟国的老巢去，况且她人在国外，也不方便找。朵小姐预感到伟国一定出大事了，他不可能故意躲着他们，这里不仅有他的女人，更有他的两个亲骨肉。一天天没有他的消息，她心里越发害怕起来，白天不敢在女儿面前显露出来，夜里时常被自己吓醒。

朵小姐恨恨地对自己说，活要见人，死要见尸，伟国你怎么可以这样玩失踪？

在失眠焦虑中，又度过了两个星期，眼看着生活费一天天在变少，继续待在这里的话，伟国给的外汇，肯定是支撑不到她生完孩子的。

朵小姐打定主意，不管前头有什么样的命运在等着她，都必须回国去，起码那里还有自己的亲人。

房间的梳妆台上，那年她生日时伟国送的朵朵真人芭比正静静地看着她。一个是年轻的、爱做梦的、大眼睛的朵小姐，一个是如今心乱如麻的憔悴少妇。这个伟国送的生日礼物是朵小姐最心爱的，不远万里地从杭州带到了里斯本，这个早上，她与"她"对视良久，仿佛看到了另一个自己，她如何地走过了三十几年，她好像看透了"她"。"她"依然睁着无辜的大眼睛，无声地，日复一日地看着她。她默默地跟"她"对视了良久，把"她"从梳妆台上拿下来，放进了行李箱。

这时，朵小姐憋了许多天的眼泪终于决堤了。人生啊，朵小姐泪眼蒙眬地想，老天跟她开了个多大的玩笑啊。

下卷　**去海边**

一　皇后娘娘

朵小姐选了个夜晚，潜入外婆的江南小镇。她记得小时候这里还是个村庄。后来，人口超过了一万，就成了镇。原来的村民，都成了居民。

微弱的月光和有气无力的路灯照射下，朵小姐走了一小段路，前方正在改造中，半条路都拦起来了，车子不好走。出租车司机说，你只能下去走路了。朵小姐说，师傅你再进去一点可以吗？你看我一人拖着大包小包。师傅看了眼，又前进了十米，然后说，再往前我怕是掉不了头啦。朵小姐无奈，心想自己闭着眼睛也能摸进去。她下了车，快步向老屋走去。

外婆是在她生二胎的第三天去世的,也没什么大毛病。人老了,感冒了一次,堵了痰,过几天无声无息地就走了,走的时候,身边无人。第二天,她舅舅买了日用品去老屋探望,才发现老母亲没了气。那时她还在里斯本,得到消息,婴儿已满月。母亲打了电话给她,说女人月子里不能哭的,哭多了会瞎掉眼睛,所以出了月子才告诉她。朵小姐是外婆带大的,听闻噩耗,心痛世界上最爱护自己的那个人走了。母亲劝慰了一阵,人老了,总是要走的,还说外婆临走前几天,她去探望,外婆知道朵朵刚在外国生了个儿子,挺高兴的,说等朵朵抱着儿子回来看她。外婆走的那天,家里的芦花鸡一刻不停地叫了一天。朵朵想起小时候,外婆给鸡仔们喂食,总要很亲切地说上一番话,跟它们拉拉家常。如今这些再没人管的鸡,可能被人宰掉吃掉了吧。外婆始终不知道伟国失踪的事,朵小姐也没有告诉自己的父母,她守着这个秘密,需要自己静一静。父母知道现在是朵朵一个女人带着一双儿女,又能怎样?乡下人容易一惊一乍,反倒添乱。

伟国失踪后,朵小姐本来想马上回国,可她拖儿带女,如何能够说走就走。冷静下来后,她选择按兵不动。好在里斯本生活成本不算很高,房子是伟国的投资,她可以一直住在这里，也可以租掉，只是没法出售。她只能希望，以后这房子会是他们儿子的。

她盘算了一下，等生完孩子再走，完全没问题。几个月后，她在里斯本的一家教会医院生下了一个健康的胖小子，她脱口而出，叫柱子哥。她的周围没有一个亲人朋友，此时最需要的是一个顶梁柱一般的男人。当地医院的华人义工帮忙照顾她，她很争气，第二次生产，还是自然分娩，并且很快就有丰沛的奶水。她一边哺乳，一边身体恢复得很快，像是跟命运较上了劲。出院后，义工大姐还经常来看她，帮忙看护柱子哥。义工大姐是上世纪九十年代初从温州乐清过来的，丈夫开中餐馆，她帮着打下手带孩子，后来经济条件好了，孩子长大了，餐馆也雇了人，她有空就去教会做义工。她特别喜欢孩子，有时还会带一束花来，义工大姐说这十年每隔两三年会回一趟老家，得知朵小姐是三门人，说台州和温州很近，两人成了朋友。义工大姐想劝说她入教，朵小姐说，先不急，我再想想，现在脑子挺乱的。义工大姐说，随时欢迎你，我的姐妹。朵小姐说，姐姐你心真好。义工大姐说，里斯本有不少像你这样独自来生小孩的中国妈妈。朵小姐说，我不知道在这里会待多久，也许就快走了。义工大姐说，看得出你心情不好，不过一切会好起来的,上帝保佑你。朵小姐笑笑说,两个小孩都要靠我,我只有坚强了。在医院的那几天,也亏得义工大姐帮她照应女儿棠棠,也给她们带餐馆里的好吃的。

几个月后,归心似箭。朵小姐把里斯本的房子委托房产中介出租了,这中间因为没有房产证遇上一点麻烦,但当地的华人中介做事灵活,朵小姐给了比市场价更高的佣金,问题就解决了。

于是朵小姐拖儿带女,买了机票回国。小婴儿很乖,好像生来就能适应长途旅行,在飞机上吃了睡,睡了吃,并不吵闹。小姐姐棠棠不哭不闹,时常看着弟弟,爱心爆棚,还会给小婴儿讲童话故事。到了上海浦东机场,朵小姐请求了机场的母婴帮助,出了机场,也很顺利地打上车,直接回了杭州。

一到家,母亲来帮忙照料两个孩子,她安下心来,狠狠地睡了几天,已经很长时间没有睡一个囫囵觉了,她睡得昏天黑地,一直睡到了第二天的下午六点,母亲轻声叫她起来吃晚饭。她暂时还不想谈伟国的事,母亲也以为,朵朵只是为了从小养她长大的外婆,迫不及待要回来看看。

舅舅一家早已从小镇搬去县城住了。舅舅的儿女都在县城上班。外婆最后几年一个人安静地守着老屋过活,院子里仍然养着鸡、种着菜。舅舅和母亲轮流去探望她,给她买好一周所需的生活用品。外婆也不想跟着儿女住,嫌不方便,也担心人老了被嫌弃,只是不明说罢了。朵小姐前年接外婆到杭州大医院做了白内障手术,外婆手术后,眼睛亮了,非常高兴,天真地说起了小孩话,说,世界怎么变得这么好看,像看电影似的,红的鲜红,绿的碧绿。伟国听得特别开心。有一天天气很好,朵小姐和伟国一起陪外婆在西湖上坐手划船,外婆穿了件枣红色的羊毛衫,那是外婆八十岁生日时朵朵送的礼物,高兴得手舞足蹈。朵朵说,外婆你坐稳了,船在摇呢。外婆哈哈大笑道,你放心,我年轻时还会划这种船呢。伟国给外婆拍了好多照片,挑了几张,冲洗成七寸的彩色大照。那几天,全家人喜洋洋的,天天都是好日子。朵小姐身边,鞍前马后的男人从阿奎变成伟国,外婆也处变不惊,坦然受之,一样是当新倌人一般,疼爱伟国。朵小姐悄悄问,外婆,伟国好吗?外婆说,我看挺好的,这孩子有孝心。朵小姐说,以前你也说阿奎好。没料到外婆说,朵朵啊,到什么山唱什么歌,还提那老皇历做什么。

以前伟国就说,你外婆是有福气的人,我很喜欢她。那是朵小姐和伟国在一起的黄金岁月,因为伟国喜欢外婆,朵小姐觉得自己跟伟国更亲了。虽然她不是他的合法妻子，但伟国好像天生是个热心肠，对长辈都能做出殷勤的样子，嘴巴也甜，比从前阿奎更会哄老人开心。伟国对朵小姐的父母也颇善待。农村人从前不管扯不扯结婚证，一起生了孩子，就当是事实夫妻了。

这几天，朵小姐正好要给柱子哥断奶，就把两个孩子暂且丢给了母亲照看，独自在外婆的老屋待了五天。老屋里光景安静凄凉，一个人居然也对付过来了，她在老屋的空气里时常能嗅到外婆的味道，仿佛时光可追。

蔬菜不用买，院子边上的一块小菜地里，虽然没了主人，眼下还是长出了青椒和茄子。小时候，外婆想烧什么当季蔬菜，就让小朵朵跑去菜地里找，找回什么做什么。镇上变化很大，难得外婆的老房子一直没有拆迁，现在朵小姐做起这些，依然熟门熟路。

在外婆家的第二天，朵小姐觉得有胃口吃东西了，就想去集市上买只鸽子，哪怕一个人吃，也想补补。集市上闹闹嚷嚷的，人们都很大声地说话，她融入其中，也扯着嗓子讨价还价。朵小姐买好鸽子往回走，忽然看到百米不到的街道那头，有一个特别熟悉的身影。其实不是背影熟悉，而是走路的样子特别熟悉，过了多年依然记得，应该是她。

朵小姐快步追上去。追赶了几十米，靠近了，响亮地哎了一声，往前叫去。哪知前面那个身影也越走越快，几乎是在跑了，拐进一条小弄堂不见了，朵小姐一着急，干脆也跑起来了，跟着拐进那个小弄堂，渐渐地，就要追上那人了。

丁路路，你等一下！朵小姐大声喊。

那个人不跑了，转过身来，拍拍自己的胸口说，是你呀，何朵朵，可吓着我了。果然是丁路路。烫过的长鬈发有些凌乱，脸上虽带妆，却有些敷衍了事。粉有点厚，唇膏的颜色已经掉了。玫红色羊毛外套，穿在身上有点短，颜色又过于艳俗了。

你以为我要追杀你啊。朵小姐气喘吁吁地大声说。

唉。丁路路一脸尴尬地说，我以为是讨债鬼上门了。我那个死鬼男人又跑路了，欠了一屁股债。我怕他们找不到他，来找我的麻烦。上次已经有个讨债公司的流氓坯往我家门上泼油漆了。我说你找我也没用啊，我还想找他呢，那死鬼又不在我这里，跟别的女人跑了，你们找到他告诉我一声。丁路路一口气说了好些话，尽管满脸冤屈感，可脸上依然是热闹的。

朵小姐话到嘴边，只好又咽了回去。她也是丁路路的债主啊。当年的"皇后娘娘"，想不到落魄到这般境地。

丁路路的绰号叫"皇后娘娘"，她的男人跑路了，朵小姐的男人失踪了。这对童年小伙伴，如今相逢，同为沦落人。

你放心，我又不是讨债的，明天就走了。朵小姐客气地说。

你放心，我欠你的钱，会还你的。丁路路心虚，咬了咬嘴唇。

昔时小姐妹站在弄堂里，心不在焉地扯了几句什么，就分道扬镳了。

朵小姐终究没把要丁路路还钱的话说出口。两年前，她曾借钱给皇后娘娘开客栈，皇后娘娘向她借钱时，用了个好听的名字叫"众筹"。朵小姐借给皇后娘娘的钱，是伟国最早打给她的炒股资金十万块，没料到一个月后就涨到了十六万，朵小姐一激动，也是为了讨个开门红的好彩头，把赚到的六万块打给了皇后娘娘。皇后娘娘说，六六大顺，三年后，还清你本金。这三年里，你每年可以来客栈免费吃住十天。

街上碰到丁路路后，朵小姐一个人待着，舅舅这几天都没有到老屋来。老家的亲戚，都不会对她回到外婆的老屋住几天感到奇怪，但她最好没人来打搅她，没有力气说东说西，倒是时常想起跟丁路路那些儿时的事。

自从她到杭州读幼师，离开了外婆的小镇，对镇上那些人和事渐渐不大在意。唯有听到皇后娘娘的是非，总想多听两耳朵，仿佛人离开那个水塘很久了，出水时的泥巴，却还没有洗净。她还想再多听些皇后娘娘的故事，但讲的人总是卖关子，影影绰绰，扑朔迷离，似是而非，好像明明说的是真事，那真事又变成了一种猜想。

最近听说的是，皇后娘娘跟她女儿闹翻了。讲故事的人有点不怀好意，说与皇后娘娘同居的那个男人，要把她女儿带走。听说有一天晚上，一男二女，三个人关在房间里，吵得很凶。后来皇后娘娘的女儿发现吵架时窗户没关紧，赶紧关紧了窗户。她娘中间的哭闹声，也警觉地停顿了一下。关窗之后，大概是隔音效果好了，就听不清他们在吵什么了，但隐隐约约地，听得两个女人高一声低一声的抽泣声。

朵小姐听得有些恍惚，皇后娘娘的女儿，满十六岁了吗？她一算，自己今年三十七，皇后娘娘虚岁比她大一岁，三十八了，有个大姑娘女儿也是正常的啊。但捕风捉影的事,她又将信将疑。

皇后娘娘很早就结婚了,朵小姐在杭州读幼师的时候,接到结婚请柬,原来不只是去吃酒,皇后娘娘还要她当伴娘。四个伴娘之一,皇后娘娘要她们统一穿膝盖往上一点点的粉紫色短袖旗袍。结婚这么重要的事,皇后娘娘还是没忘了儿时"义结金兰"的何朵朵。朵小姐印象中,婚礼上的新郎官是个小白脸,在粮库工作,干什么行当不甚知道,长相三四分俊俏,说话软绵绵、慢吞吞。难道现在的男人,已不是当年粮库小白脸?

这些年来,朵小姐还挺念叨皇后娘娘的。俗话说,人比人,气死人。她心里要比一比的有两个女子,第一个是亲姐姐何竹儿,第二个就是发小皇后娘娘。有一年过年,朵小姐带前夫阿奎回外婆家,听老同学们说,皇后娘娘为了一个男人追去广州了。等又一年正月,她带伟国回外婆家时,听说皇后娘娘又去温州找她男人了。

皇后娘娘这个名字,最早就是朵小姐叫出来的,后来街坊邻里,还有学校的校友,大家都喜欢叫她皇后娘娘。这个绰号的来历,是因为当年丁路路家有一套她母亲收藏的凤冠霞帔戏服,丁路路打扮起来,就像皇后娘娘。那时班上很多女同学都羡慕得紧,很想穿着那套行头,照一照镜子里的自己,最好能照一张相片,留下当"娘娘"的美丽瞬间。她们从来没有问过,这个"皇后娘娘"是什么朝代的,她们都不喜欢多想问题,也不好好读书。她们就都去巴结皇后娘娘,跟她要好,勾肩搭背,同进同出。慢慢地,因为巴结自己的女生多了,皇后娘娘义结金兰的小姐妹也越来越多,何朵朵这个最早的小姐妹,反倒被娘娘冷落了。再后来,一年年长大,两个小姑娘慢慢疏远了。女孩子们总是这样,今天我跟你好,明天你跟她好,总有些说不清、道不明的原因,无声无息中,远近亲疏风云变幻。少女何朵朵在皇后娘娘眼里显得乏味,也不够美艳,脾气又倔强,皇后娘娘有了更情投意合的玩伴,就疏远了她。皇后娘娘这种学校里的"活跃分子",在何朵朵眼里是艳丽夺目的,她想接近,又觉得她身上带刺,有时又过于骄傲。上中学后,皇后娘娘跟一些爱打扮的小姐妹是一伙的,何朵朵跟几个不是亲父母带大的女孩子是另一伙的,她们也爱打扮,但是没有足够的家庭支持,条件差一些。何朵朵从小没有时髦衣服穿,外婆亲手缝制的又嫌难看,和城里百货商店买来的服装是两个样子,少女何朵朵看来,土制的衣服上不得台面。渐渐地,这两类姑娘井水不犯河水,互相腹诽,割开了无形中的楚河汉界。

后来听说,皇后娘娘在镇上结了十姐妹,看来"金兰"情结在她心里扎了根。十姐妹不知是真的关系特别好,还是充数也要充满十个,要的是"十全十美"的豪华排场。男人的江湖讲哥们义气,女人混江湖,要的是花团锦簇,雌声壮丽。十姐妹成员,基本上是皇后娘娘的初高中女同学,加个别女同学的亲姐妹。皇后娘娘气场最大,是十姐妹中的"皇后",从此呼风唤雨,有了自己的脂粉江湖。

丁路路的见识,有一半是戏文里教的。忠孝节义,江湖恩义。公子小姐,郎情妾意。她就不会想到,既然都能当皇后娘娘,何不干脆自封女王呢?

一九九〇年,何朵朵和丁路路年满十周岁。丁路路活泼聪明,花样百出,机灵得像项上有两个脑袋似的。相比之下,何朵朵反应慢,显得木。她们经常一起放学回家。有一天外婆对何朵朵说,这个丁路路啊,诡计多端,油腔滑调,你以后少跟她一起。何朵朵不服气,问外婆,为什么不喜欢丁路路。外婆说,我看你们俩一起走路,她经常把你挤到一边去。何朵朵不以为然,外婆又说,你看好了,你争不过她的,丁路路长大了,就是一只狐狸精。朵小姐心想,丁路路是姐妹,虽然成绩比她还差,但是跟她在一起多有趣呀。放学了,何朵朵就还是跟丁路路一道走。但何朵朵长了个心眼，悄悄观察了一下，果然像外婆说的，不管马路是阔是窄，丁路路走着走着，总会把她挤到一边去。于是她就回家跟外婆说，丁路路走路的确会挤我。外婆笑着说，所以你回家来，总是衣服上蹭一身灰。

当初两个小姑娘，一个叫丁路路，一个叫何朵朵。班里有个男同学爱捣乱，给同学取绰号，就故意反着叫：丁朵朵，何路路。两人从小学到初中都在一个班里，经常是别人乱叫，她们乱应。如此制造出无数欢乐，有时某个捣蛋男生乱叫何路路，正巧碰着丁路路不高兴，就在教室里追着那个男同学要打，还没发育的小个子男同学抱头鼠窜，嘻嘻哈哈一溜烟儿跑开了，丁路路也是在那个时候，初露尤三姐一般的泼辣气象。

又有一天，回家路上，两个小姑娘一起走着走着，何朵朵忽然说，我不想马上回家去，先去你家玩一会儿吧。一路上，丁路路的手甩来甩去，没个安静的时候。她一会儿摘片树叶，手里撕着玩，一会儿采几朵路边野枝上的喇叭花，把花瓣撕碎了，又拍到地上，蹦蹦跳跳。何朵朵笑道，看看你的手掌心，又是红，又是绿的。丁路路说，这才好看呀。下次我要多采一些喇叭花，涂成十个红指甲。何朵朵说，那学校不让你进校门了，进校门前先要洗干净。

丁路路说，学校真是管得宽，涂指甲都要管。

丁路路忽然灵机一动，他们叫我们丁朵朵何路路，不如我们结拜姐妹吧。

何朵朵迟疑，戏文里都是结拜兄弟呀。

丁路路说，结拜姐妹也有的，越剧十姐妹就是义结金兰啊。

何朵朵说，桃园三结义，那才叫义结金兰。

丁路路说，管他呢，男女都可以义结金兰的。

何朵朵应声说，好呀，我们义结金兰。

她们互问生日，丁路路比何朵朵大半岁。

到了丁家的院子，两个小姑娘见四下无人，丁路路说，这棵石榴树，给我们义结金兰作证吧。她们朝它拜三拜，再学戏文里的女子那样，互相道个万福，就义结金兰了。何朵朵捂嘴娇笑。丁路路又说，男的结拜兄弟，要手腕上放点血，滴在一个碗里，从此就有福同享，有难同当。何朵朵一听就怕痛，心想最好不要见血，要放血的话，还是不要义结金兰算了。幸好豪气干云的丁路路没有提出这个要求，但是丁路路清脆地说，我们是女的，明天就交换一块手帕吧。何朵朵想起她有两块荷花白底手帕，是一个月前外婆给她绣的，可以送一块给丁路路当信物，就兴奋地应允了。丁路路交换的手帕要大一些，是绣了边的粉色丝绸手帕。丁路路神秘地说，这是我妈压箱底的东西，以前戏班子的小姐上台时捏在手里的。

义结金兰后，何朵朵最喜欢的节目就开始了。丁路路家里有永远听不完的越剧磁带。何朵朵随她到了她爸妈的房间，其实也是她的房间。丁路路和她的爸妈是一个屋里睡的，还没分床。她还有个同母异父的哑巴哥哥，住在院子靠门口的西厢房。哑巴哥哥斯斯文文，穿一件干净的灰布衫，白白净净，手里总捧一本书看，这些书都是从小镇文化站借来的，也就是《侠女十三妹》《七侠五义》《再生缘》，还有些张恨水的鸳鸯蝴蝶派小说。只需办张借书卡，就可以免费借。

这个小院落住着四户人家，丁路路家住在第一进，后面三进，分别住着陆家、孙家和姚家。原来房子都是姚家的，后来就成了四家分治的局面。丁路路爸妈不在家的时候，他们的房间时常是两个小姑娘玩耍的乐园。

何朵朵后来曾用以糊口的化妆术，就是在这个少女时期无师自通的。朵朵和路路两个小姑娘捣鼓捣鼓，从一个五斗柜的抽屉里拉出路路妈的行头来：一身古代小姐的戏服、各种插在头上的劣质珠翠，还有她妈用过的胭脂、手帕和绣花鞋。有时丁路路自己穿起来,有时要何朵朵穿上,戏服披挂在两个小姑娘身上,空空荡荡的,不过她们在五斗橱的镜子前看自己,还是被自己惊艳到了。她们跟着越剧磁带瞎唱,手舞足蹈,甩着水袖,煞有介事。那一刻,穿上小姐戏服的她们,恍惚觉得自己真的成了戏文里的小姐。那时候,镇上并没有什么乐子,除了中午回家吃饭时听个评书,其他辰光就是听听戏,偶尔有戏班子来演出,镇上男女老少就奔走相告。来跑码头的戏班子,演员和道具有的从大货车上运来,有的还像前些年一样走水路,一只大机帆船驶来,"嘭嘭嘭"地在河边的码头靠了岸,连那"嘭嘭嘭"的马达声,都带着一场小镇青年派对即将来到的喜气。有时候何朵朵也在此看热闹,见搬运工把各种布景道具戏服抬上岸,经过丁路路家附近宽阔的白地,旦角生角等一群演员鱼贯而过,她们就私下猜哪个是生角,哪个是旦角,长得最漂亮的大概就是剧团皇后、台柱子。她们追随着这华丽的队伍,直到看不见了,心还没收回来。此后几天,何朵朵和丁路路就会更欢快地弄起行头,在丁路路家做"公子小姐后花园相见"的游戏。

丁路路的妈王招娣,是个超级大戏迷,她家卧房的大床枕头边,永远放着一本《越剧戏考》,这也是丁路路家除了上学用的课本以外的唯一图书。有一天，何朵朵在路路家翻《越剧戏考》，随手翻到尹派《何文秀》的某一页，顶上空白处，有一行斜斜的铅笔小字，"走就走，杀千刀的，死人"。不像是丁路路写的。何朵朵觉得挺滑稽的，也不知是什么意思。

王招娣声音清亮，脸上总是红扑扑的，像涂过胭脂，大波浪的鬈发，描眉画眼，眼珠是黑漆漆的，水蛇腰，有几分姿色。据她自己说，没生孩子那会儿，腰还更细，一尺八都不到。生了两个后，腰也就一尺九。那年代的女人都很朴素，很少有人化妆的，但王招娣不同，戏班子里出来的，人们就另眼看待。她出生时，镇上人家也重男轻女，如果先生了女儿，有些人家会给女儿取名为招娣、盼娣、来娣、引娣、爱娣，要是去掉姓，重名的就很多。何朵朵叫她王阿姨。那时王阿姨四十左右，徐娘半老，语言活泼，有时候还带一个华丽的花腔音，与她闷声不响的老实头丈夫丁国铨恰成对比。何朵朵见多了王阿姨，有时她的一举一动还悄悄模仿王阿姨。

有一次王阿姨对何朵朵说，我娘家在运河边的一个码头。她说，我们那里才是真正的江南。我娘家比"上八府"好多了。我们那边的红烧羊肉，是天下美味。在王阿姨的观念里，过了钱塘江，萧山以南的都是南蛮之地。王阿姨从小爱听越剧，她的姆妈也是戏迷，她做姑娘时，做梦都想去剧团演花旦。后来有一次，她老家的镇上，来了个邻县的越剧团演《追鱼》，她认识了剧团的一个老师，想拜师学艺，就老去老师住的剧院后面的招待所找他。那时她初中毕业闲在家里，本来等着街道里招工的，结果一来二去，追着《追鱼》的剧团跑码头演出，就到了这里。后来居然在这里成了家，有了丁路路这个小囡，活脱脱又像她年轻时的翻版，只是个子比她高一点，腰也比她粗一点。王阿姨说自己女儿是聪明面孔呆肚肠，看着像只小妖精，其实啥都不懂，很好骗的，都被别人家赚了去的。何朵朵听着王阿姨的故事，心里倒是有些向往。

丁路路从小就和她妈很亲密，亲密得不像母女，倒像是一起厮混的小姐妹，两个人好起来，就窝在房间里，拿着一本越剧戏词一起唱，路路唱旦角，学王文娟。她妈唱小生，学陆锦花。有时候丁路路高音唱跑调了，她妈就教她说，阿囡呀，你个呆肚肠，这个地方要用假嗓唱，真嗓子怎么唱得上去呀。有时候，何朵朵也在房间里，就看着这娘俩在大床上抱着滚来滚去，互相胳肢，一大一小，两串笑着的女声绕来绕去，打一个蝴蝶结，又化为一只向天上飞的风筝，像一种特别调门的戏曲唱腔。何朵朵就特别羡慕这对母女，她都不记得自己妈妈什么时候抱过她了。

丁路路的爸爸丁国铨，相貌平常，但皮肤白净，是点心店的职工。镇上有人跟他开玩笑，国铨，你知道你为啥长得白吗？丁国铨说，我生来这样，晒也晒不黑。那人说，你是天天揉面粉做点心，结果自己也越来越白。丁国铨每天早上到点心店后，要揉很多面粉，面粉调弄好，他又负责在一只老虎大灶前烤烧饼，边上另有一个身材健壮的女师傅，在一只大锅里炸油条。每天到点心店的顾客，就拿着写着烧饼几只的小票，到丁国铨这里等候，等着取烤好的烧饼出炉。烧饼里面塞有一些猪板油，一点葱花，饼皮上撒着些芝麻。丁国铨用一把火钳，把做成形的烧饼面团一只只钳起，再贴进灶膛里。过个十来分钟，喷喷香的烧饼就烤好了，可以取出灶了。烧饼四分钱加一两粮票一只，家家都买得起，镇上人喜欢烧饼里夹根油条，又咸又香，热得发烫，就一边吹气，一边啃着。有时间的话，就坐下来喝碗咸豆浆，换换口味，五分钱一两粮票一个包子。再享受一点，六分钱一两粮票一块猪肉馅的方糕。一顿乐胃的早饭就管饱，一只烧饼，加一碗小馄饨，也能对付一顿中饭。镇上最热闹的中心街上，卖烧饼的地儿不少，但还就是丁国铨的烧饼烤得最地道,大家宁可排队,耐心等他的烧饼火热出炉。有时候两个小姑娘放学早,她们就顺路拐到丁国铨上班的点心店,向丁爸爸要个烧饼吃。这时候,正是点心店要打烊时分。丁国铨话不多,总是笑眯眯地递过尚温热的烧饼再用炉子的余火回烤一下,说句小心烫哦,两个小姑娘拿到吃的,清脆地笑着,转身就走到马路上去了。虽是点心师傅,但丁国铨看着就是那种老底子的江南小男人,瘦削胆小,本分寡言。看起来,丁路路对她爸也不太重视,何朵朵每次跟路路到点心店找她爸,路路不是要吃的,比如店里卖剩的油墩儿、油条、萝卜丝饼、条头糕等等,就是讨几分钱一角钱的零用钱。要到钱和点心后,丁路路没一句废话,拉着何朵朵风一样闪了。

丁家院子,有四棵会开花的树。蜡梅有幽幽的暗香,桃花烂漫,月季和石榴都开得比较家常,那真是个美丽的院子。那院子的花种,是丁国铨种下的,有些是王招娣来之前就种下了。基本上也是丁国铨每天下午四点下班后回家整饬的。她家的饭,也是她爸回家烧的,菜是她爸回家时顺便买的。那时候不是家家有自来水,只有井水和河水,她爸去河边洗东西,打井水烧水做饭,那口井是民国就有的老井,井边总是遇到忙碌家务的女人,称他这种买汏烧男人，家里女人真是有福气，丁国铨总是笑笑。忙完了所有的事后，丁国铨就用红茶碎末泡一缸茶，一个人坐在院子里，喝几口茶，浅浅地歇个脚。偶尔在夏天夜里，何朵朵看到路路爸和另一个男人在院子里斗蛐蛐儿，哑巴哥哥也在边上看，手里拿着个手电筒，她觉得这一对父子闷声不响，其实也是贪玩的，只是他们的乐趣不同。

每天早上四点，丁国铨摸黑起床去上早班，母女俩在房间里呼呼大睡。王招娣一开始是没有正式工作的，做家庭裁缝挣几个散钱。上世纪九十年代前，家家手头紧张，一般做衣服都自己对付，只有每年过年时的新衣服，才有可能比较正式地，花点钱找个裁缝做衣裳。因此王招娣手虽然很巧，收入却是不固定的。到丁路路上小学三年级的时候，她妈已经很少踩缝纫机，改在戏院卖票了，仍旧是临时工，收入还是比她爸少得多。丁国铨在国营单位收入高，但在家里好像没啥地位。哑巴哥哥不在家的时候，丁路路母女为了睡得宽敞些，经常把他赶到哑巴的厢房睡觉。

在镇上人的眼睛里，丁路路风情万种，头发乌黑，腰肢长软，身材适中，脸是鹅蛋脸，小胸脯已经耸起，早熟，人来疯。小镇人对女性的审美，以瓜子脸为第一，鹅蛋脸为第二，苹果脸第三。丁路路气色好，脸孔红扑扑的像涂上了胭脂，一种劳动女性的健康色，像当年的她妈，又比她妈长得白一点。丁路路却认为正是自己脸孔红扑扑，才没有机会去演楼台小姐。丁路路十六岁的时候，又重蹈了她妈妈的人生之路。她成绩不好，也想去吃戏饭，可她的那点三脚猫功夫，成不了戏苗子。王招娣也没有送女儿去正规培训的打算。后来她解释，镇上并没有这样的学习班。要学戏，就要送到正规戏校去学，家里也没这个条件。她曾想过找前夫周伟东帮忙的，但想想又算了，不想去求那个前世冤家。丁路路演员梦破灭，在家哭闹了几回，只得偃旗息鼓，不久，注意力就到别的事情上去了。

　　重逢丁路路牵起了很多回忆。休息了五天后，朵小姐身体蓄了一点力气，最后看了一眼堂屋间外婆的遗像，这笑得老天真的样子，连眼睛周围的每一道褶子都笑着。这张照片正是由她和伟国陪着外婆，在西湖的船上给外婆拍的。朵小姐瞧着瞧着，微笑起来，心想自己老了就这样吧，也挺好的。然后锁了门，离开了。以后舅舅可能会把这老屋卖掉，或者拆了重新盖，这一切跟她无关了，她也不会再来了。

　　父母的何家村。外婆的小镇。读书和生活多年的杭州。最远到了里斯本。朵小姐这半辈子走过的路就是这些。女人的路，算来算去就这么几条，但是，也是要想清楚的，哪一条路好走一点，哪一条路宽一点，哪一条路不稳当，甚至有危险。

伟国给朵小姐在杭州买的房子，已经是她名下的了。那房子现在市值三百万左右，也许以后还会涨。如果出租，每月可以租出四千块。但那是今后她和两个孩子安身立命的地方，她不想打这个房子的主意。再说里斯本的房子她也出租了，她并不清楚伟国的家人是否知道伟国还有这远在海外的房产，暂时也还没有伟国的家人要来收回房子。有这些钱财打底，她才能过活。

还有一个几乎被遗忘的股票账户。重新和伟国在一起后，伟国曾鼓励她实战练习炒股票，伟国对她说，你试试炒股，学点金融知识是有好处的，这样女人才不会太妇人之见。伟国当时说的确实是"妇人之见"。但朵小姐从小数学不好，见着数字头大。伟国给她开过一个户，几年里，这个账户里陆续给她打了二十万的"股金"，但朵小姐忙于带孩子，又不愁吃穿，买过两只股，涨涨跌跌的，她基本上没怎么管。

现在找出来一看，居然又涨了一点，如果套现，有二十几万。她听说这几年很多人炒股都亏了钱，偏是自己有点小财运。

日常生活使用的银行卡里,还有十万。几个奢侈品包包如果变卖,可再得十万,但这是女人的武装和脸面,不到穷途末路,轻易不能"丢盔弃甲"。

在外婆家最后一晚,朵小姐给自己泡了一杯绿茶,细细盘点完全部资产后,她确认了,自己有房有车有存款,早不是跟阿奎刚离婚后一无所有的何朵朵了,这一切都是因为她跟了伟国,给他生了两个孩子所得。朵小姐舒了一口气,但心里还是沮丧,如果伟国不回来,她所有后半辈子的生计,一儿一女的抚养,就靠这些柴米了。

二　冤家

朵小姐欲散心，决定到丁路路的客栈住上一个月。只要不是旺季，客栈总是有空着的房间。丁路路听说朵小姐来，想着欠着她的钱，让她多住些日子也无妨。丁路路说，你快来吧，给我们旺旺人气也好的，有点将昔日小姐妹当成贵客的意思。

客栈在一个小山坡的拐角上，离三门的海边很近，视野不错。一排面朝大海的海景房，涂成了浅浅的天蓝色。楼上楼下，各六间房间。另有两间小平房自用，基本上是丁国铨和哑巴哥哥住着。丁国铨退了休，正好在女儿的客栈帮忙烧饭，有时早餐会做铁盘比萨给客人们分享。从前他烤烧饼的手艺,如今改成做洋比萨,也正正好。他很快就学会了用起司、橄榄、香肠、牛肉、虾仁、青椒、海鲜、菠萝这些原料做洋烧饼,铁盘比萨、芝心比萨,名堂不少。连路路妈都高兴地说,我老公居然还会做洋比萨,没准以后可以开家比萨店,再多挣一点养老钱。

丁国铨闲来无事,在客栈的前院后院种上了许多花花草草。一个春秋下来,院子拾掇得比从前更漂亮了。王招娣也时常从镇上来这里,帮忙招呼客人。有了王招娣,客栈里时有谈笑风生,就如有了主心骨。只是王招娣平时生活丰富多彩,年纪大了,反倒有些小孩子脾气,喜欢四处凑热闹,经常要跟镇上小姐妹跳舞、做头发,扎堆去服装市场淘便宜货,一起报国内旅游团。旅游的目的,也是穿上自认为价廉物美的新衣裳,各种丝巾、裙子,花枝招展拗造型,用美颜相机拍照片。只有无聊了,才会去女儿的客栈帮忙几天,不能像准点上班的服务员随叫随到。

客栈从一个设计师那里辗转几道,到了皇后娘娘手里。设计师是三门本地人,这两年大发,有更大的民宿项目要做,顾不得这小小的客栈了。皇后娘娘自工厂下岗后,又关了一个饭店,缩在家里不知道要做什么。有一次和小姐妹出去玩,看到海边的白色房子,那不就是电影里那些漂亮贵妇人出入的地方吗？又看到墙上的转租告示，当即就心痒痒了。这时候的皇后娘娘，为她男人伤透了心，想要东山再起，就打起精神盘下了这客栈，虽然离家近百公里，但如今有了高速公路，来往也算方便。她一时半会也想不出好名字来，就先用着客栈原来的名字：艳阳天。

朵小姐带着两个孩子和两个大拉杆箱，开车来到了这里。住下来后，她真的有些喜欢上这里了。离开杭州到三门，海风吹着，心情舒畅了一些。女儿棠棠还没上小学，她可以随意带着一儿一女在外边住。在这里带孩子也能省不少心，好几个叔叔阿姨会帮忙照看。

有一天闲来无事，王招娣跟朵小姐一起坐在后院里，逗柱子哥玩。朵小姐说，这院子一到春天真是好看，月季、茌草、女青、鸭跖草，我都喜欢啊，比我外婆家的院子还好。王招娣说，路路爸也就这点事情会做。朵小姐说，王阿姨你好福气啊，有这么好的老公。王招娣说，一般的吧。朵小姐说，前几天，棠棠还找到了好几朵四叶草，开心坏了，说，妈妈送给你，你就会有好运气了。睡觉时，都要小心地把这几朵四叶草放在枕头边。王招娣也笑了，说，四叶草真的会带来好运气，小时候我也相信的。

她们两个女人，现在倒也有几分像闺蜜。有一天晚上，丁国铨多炒了小菜，煮了小海鲜，王招娣请朵小姐一起喝一杯绍兴黄酒，忽然就讲起了自己年轻时的事情。她的开场白是这样的：你看路路她爸，老实人一个，这辈子没混好，武大郎卖炊饼，他要是吃亏了自己也不觉得，还说吃亏就是占便宜。上辈子呢，我猜他是大户人家家里的花匠。这时丁国铨吃完了饭，又出去收拾院子了，柱子哥被哄睡着了，棠棠也跟着丁爷爷出去玩了。王招娣跟朵小姐继续坐着，又添了酒。朵小姐说，看王阿姨今天兴致高，我就陪你喝一点。王招娣说，我喝两杯黄酒，话就多起来了，好像又看到自己是怎么从一个小姑娘，一步一步走到现在的，当年，我又是怎么走进了丁国铨家的院子的。

王招娣第一次由介绍人领进丁国铨独居的院子时，正是桃树开花的四月，她觉得树枝上粉灿灿的桃花，就是青春艳丽的自己。可她命不好，那时候已经是拖着个哑巴儿子的离婚妇女了，当时镇上几乎没有听说过谁离婚的。她的男人，当年带她出来一起投奔县越剧团的那个老师，后来当上了县越剧团团长，再后来，男人在她怀孕期间迷上了剧团的一个临时工姑娘，那姑娘干着剧务，又想学戏，偶尔演个丫鬟跑个龙套，有次在道具仓库间他俩正好被副团长抓个现行，丑态百出，这对苟且男女被扭送派出所。

倒霉的团长，不仅有了腐化堕落的生活作风问题，还被坐实了破坏军婚的罪名，坐了牢，因为那临时工姑娘，在老家村里是跟一个正服兵役的兵哥哥定过亲的。王招娣又羞又气，丈夫坐牢后一个月，她生下儿子，因为正恨着丈夫，也不怎么喜爱这个俊秀的小婴儿。小婴儿两岁时发高烧，药物反应过敏，后来成了哑巴。王招娣和搞腐化的丈夫离了婚，自己带着哑巴儿子生活。她在越剧团里又没有正经行当，算是家属。本来夫贵妻荣，团长夫人，也受尊重，没料到一个家就这么毁了。丈夫坐牢去了，她继续留在剧团就成了一个笑话，只想赶紧离开这个伤心地。

王招娣人靓手巧，离婚之后，先靠做裁缝为生，找她做衣服的男人女人就多起来，但是也多不到哪里去，因为当时做衣服还要布票的，布票够了才能买布裁衣，一年春秋冬夏，镇上人也就做几回新衣裳。哑巴儿子在一旁不吵不闹挺安静的，但多数有点喜欢王招娣美貌的男人一想，这小哑巴毕竟是个麻烦，虽然政府有聋哑学校，有福利工厂，但要给哑巴当继父，想想还是复杂，要被街坊笑话的。岁月蹉跎，王招娣本来内心有点骄傲的，但现实面前，她的期望值也只好一点点放低了。

朵小姐说，丁路路爸爸人很好，会干那么多活，很实惠啊。王招娣说，我呢，第一个嫁的男人，很聪明，相貌好，但心思太活，人又花心。第二个呢，像块木头，人是好人，没有花花肠子。都是前世的冤家。

哑巴儿子三岁时，王招娣原来剧团的一个小姐妹王国英来看她，说她表弟家小院的桃花开得旺，问王招娣要不要一起去看花，她就跟着国英去了清溪边上，三拐两拐，拐进一条三人宽的巷子，一个院子，爬山虎已经爬满了大半面墙壁，门前的一边，是一块洗衣用的水泥石板，一扇木门推进去，丁国铨，那时候还是个单身汉，正用河边提上来的洋铁桶里的水浇园子，又要侍弄新种的月季花。王招娣见是一个老实白净的男青年，倒不讨厌，见小院子里桃花开得粉粉白白，就问那男青年这桃树能不能结桃子。丁国铨回答，还没结过呢。他表姐就从屋子搬出两把竹椅子来院子里，让王招娣坐。她才知道原来小姐妹带她来相人呢。

坐了片刻，丁国铨说要洗个手给她们泡茶，王招娣忙说，她们看一下花就走，不打扰他。国英就问表弟讨了两枝桃花枝，说一人一枝，拿回去插花瓶。所谓花瓶，实际上是医院里医用的盐水瓶，但盐水瓶到了巧女子手里，缠上一圈绣带，就成了花瓶，这就是女人的好处了。丁国铨虽爱种花种草，却想不到要把花剪下来，再插到瓶子里，摆进房间里的。丁国铨就高兴地说，我去拿把大剪刀来。进屋去拿了剪刀，剪了两枝开了五六分的桃花给小姐妹，她们俩欢快地道了谢，风一样就飘走了。丁国铨隔着墙门，听到王招娣赞叹这桃花真好看，声音清脆悦耳。

回去的路上，小姐妹才说了丁国铨家里的情况。说丁家父母是三年困难时期从长江北边南下，逃荒过来的。王招娣自己是外乡人，对"江北人"不敏感，但小镇世世代代以为自己是江南水乡人士，有种天然优越感，是看不起历代从长江以北逃荒来的江北人的。本地人也不大乐意跟江北人联姻。镇上江北人基本定居在桥南，一开始有点像河边的一个棚户区，慢慢地，江北人很勤快，生活在小镇扎根下来，孩子也上镇上的学校念书，学一点吴侬软语，不讲铿铿锵锵的江北话了，听一点江南的戏文，同化了，但隐约的鄙视链还在。有些胆大活络的江北人，就开始租桥北的公租房。丁国铨的父亲是漆匠，会一手漂亮的油漆活，当时镇上人家结婚打家具，打了家具要上漆，家具上还画些简单的花鸟虫鱼，都会找他丁师傅。付几块钱工钱，还给烟，管饭。后来，他们家就住进了桥北的这个小院子，安下家来。但是数年后，丁国铨的父亲有事回了扬州那边，从此再也没有回来过,听说是死在了家乡两个大姓的一场大规模械斗中。丁国铨初中毕业后留在镇上,后来就招工进了离家很近的点心店,先是当学徒工,后来满师,就是正式职工了。他是外乡人,镇上只有不太往来的远房表亲,又比较内向,那时代找对象主要靠人介绍,丁国铨闷声不响,人头又不熟,一直到二十八岁了,还是个光棍,自己倒是守着个小院子,三餐基本在点心店解决,点心店里有工作服,弄弄花花草草,日子井井有条,还略有富余。

他表姐国英到他点心店吃早点,觉得这个表弟闷声不响,是个本分人,就想给他介绍个对象。介绍了几次,发现表弟不太喜欢粗鄙的女人,有力气能干活的也不稀罕。后来又介绍了一个家里兄弟姐妹多的女子,她父母最好早点把大女儿嫁出去,好腾出地方给后面长大的孩子,那姑娘是小学语文老师,也是个戏迷。国英就给了两张戏票,让他们一道去镇上戏院看《碧玉簪》,可是点心店工作的表弟每天起得早,看着看着,晚上八点光景,竟睡着了,那姑娘一开始觉得这做点心的穿着中山装还算斯文,虽算不上英俊也还清爽,但一场戏文下来,又见他寡言,无趣得很,事情就黄了。丁国铨是苏北人,不是土生土长的江南人,对越剧真的没兴趣。

国英从前也是个标致人儿，嫁了个镇上市场里卖肉的男人，吃肉倒是不愁，只是才婚后第一年，国英看着就比姑娘时丰满许多，身形横着长了，脸也变宽大了，脸上老是油滋滋的，离美女越来越远了。人家打趣她，国英你怎么胖了，国英总是说，我是太有得吃了，一吃就吃胖了。国英从前的小姐妹私下说她，国英天天跟卖肉的睡觉吃饭，时间一长自然也变得油滋滋了。国英自己早就放下了美女的执念，也想得开，长胖就长胖吧，还是过日子要紧。

忽有一日，国英在街上碰见小姐妹王招娣，觉得这两人倒可以一试。王招娣虽有哑巴拖油瓶，但人长得不错，这样的女人不会嫌弃老实巴交的江北人表弟吧。这表弟，不抽烟不喝酒，虽是个点心师傅，但是心里有小九九，粗鄙一点的女子，他看不上，宁可一个人。呆头鹅男青年配鹅蛋脸离婚女，没准命中注定。

就先不说破，国英借口带王招娣去自己表弟家的院子看花、折花，顺便看看两人有意无意。男女只要互相不讨厌，就有了进一步的可能性，处对象一开始都是这样的。回去路上，国英先问女方心思，王招娣呢，半天不响。最后小姐妹国英说，行不行呀，你讨厌他不？王招娣摇摇头。国英趁机说，要不先处处看？王招娣这回爽快地说，他家的院子倒是好，像个花园。国英说，他人老实，绝对不会跟你耍滑头的。王招娣是吃过亏的人，不由得叹息说，看看桃花，就知道红颜都是薄命的，能有几日好。毕竟是小姐妹，能说这种话，国英只是点头。

第二天，国英到丁国铨工作的点心店吃早饭，等烧饼出炉子的时候，就问表弟，礼拜六给你两张票？丁国铨说，哦。表姐说，你请她去看吧。丁国铨又说，哦。表姐凑到表弟跟前，又咬耳朵低语，不过她比你大两岁，有个拖油瓶哑巴儿子，我先跟你讲清楚。丁国铨又说，哦。表姐说，她一个女人家，外地人，可怜的。丁国铨说，无啥。

表姐就猜，这木头表弟果真喜欢上了王招娣，这个跟她一起来看桃花、折桃花的美人儿。

三十岁那年，王招娣携哑巴儿子再嫁丁国铨。丁国铨还是不喜欢越剧，却喜欢王招娣。哑巴儿子他也不讨厌，多个人，添一双筷子而已。他在国营点心店，毕竟有点便利条件。丁国铨和小哑巴渐渐熟悉起来，哑巴从小不烦人，性格文文静静，喜欢看继父院子里的花草，都像是在沉思。丁国铨尽量对他们母子俩好，每到星期天早上，都会包好吃的小馄饨给母子俩吃，小哑巴吃着吃着，脸上的笑意多起来。丁国铨上无父母，没有七大姑八大姨耳边叨叨，别人议论他娶的是二婚头女人,他一点无所谓。

结婚头几年,他们努力造人。丁国铨忽然美人在抱,欢喜得紧,两个人又都年轻,也彼此贪恋,丁国铨于是深憾每天上班太早,不能陪王招娣睡到早上七点。王招娣亲手做了几身哔叽、华达呢好料的衣裳给新夫君。休息日跟王招娣出门逛马路、看电影的丁国铨,比小伙子时更有模有样。王招娣有时兴起,会在院子里咿咿呀呀唱几句,问丁国铨好不好听。丁国铨笑笑说,我不懂的。王招娣就觉得丁国铨木七木八,不解风情,无可救药。哑巴哥哥八岁时,王招娣给了儿子一根笛子,偶尔也让原来剧团里的一个笛子手朋友上门来教他,教哑巴当然会比较累,丁国铨就好菜好饭地侍弄着,笑呵呵地招呼着人家。

婚后生活,不好不坏。冬天早上,丁国铨早早爬出被窝去上班,留给王招娣一个漏冷风的被窝,这一点让王招娣气恼,其他都算过得去。王招娣不喜庖厨,丁国铨早上做好单位的点心,中午和晚上继续做家里的饭菜,小镇上也有买汏烧男人,他也不觉得自己的女人懒惰。过年过节前,裁缝师傅活计忙起来,王招娣要挑灯夜战,很费眼睛。美中不足的是,婚后两年多,王招娣没有怀孕,丁国铨慢性子,王招娣急性子,悄悄去县医院检查,医生跟她说,

199

她没有毛病,只是子宫位置不容易怀孕,多多努力就是了。王招娣就靠在剧团里学的一点功夫,每次房事后就在床上倒立。

后来终于倒立出了闺女丁路路。王招娣一见到初生的女儿,一个漂亮的小婴儿,像是院子里桃花树上的一滴露珠,就说女儿名叫丁露露,后来听人闲话,女孩子叫露露,今后婚姻不大好,又改叫路路。丁国铨想不出特别的名字来,他们的闺女就叫丁路路了。那时候,女孩子取名,时兴带重字的名字,叫起来最洋气。丁路路三岁就会在床上倒立,比男孩子还要淘气。

这时,王招娣的前夫周伟东从牢里提前放出来了。原来整他的副团长早就调走,风水轮流转。几年后,周伟东从剧团到了剧院,靠脑筋活络,东山再起,成了剧院经理,王招娣这时将前尘往事也看得淡了,跟周伟东处得不错,周伟东也给她钱,养他们的儿子。她又靠前夫的关系,到剧院卖票,成了正式工,从此算有了一份固定工作。

朵小姐听了王招娣说的故事,说,我小时候很喜欢去你家玩的,我很羡慕丁路路呢,爸妈这么宠她。

王招娣说,我记得你从小在我们那里,是跟外婆过的。你父母在三门的。

朵小姐说，三门其实也是我外婆的老家，我外婆是嫁到这个镇上来的。我妈年轻时跟着我外婆回她三门娘家做客，结果在那里认识了我爸，我爸那时候高中毕业，刚刚当赤脚医生，我爸长得不错，我妈就跟他好上了，娘家人觉得她从镇上要嫁去乡下了，拼命反对都没用。后来他们就结了婚，我是家里老二，下面还生了个弟弟，我从小就被他们送到了外婆家里养。王招娣说，所以你比我家路路能干多了。

后来王招娣又陆续讲了丁路路的一些往事。朵小姐忽然觉得，丁路路小时候比自己幸福，可后来的命，几乎和自己是一样的。丁路路很早跟镇上粮库的小白脸离了婚，女儿渐渐大了，如今也没有正式丈夫，却跟另一个男人生了个儿子。年轻时，为了一个男人打过一次胎。后来又跟了另一个男人，这个男人，靠贩卖假烟发了点小财，开起饭店来，饭店叫"春又来"，风光了一阵。丁路路当了一阵"春又来"老板娘，饭店位置佳，起头两年生意好，后来莫名其妙就亏损。再后来，男人带着一个在饭店打工的漂亮湘妹子，跑路去了广东，这时才知道原来并不是真的亏损，而是赚的钱都被男人转移走了。作为法定代表人的丁路路，面对一个账面亏损的饭店，丢了魂似的，只好关门了事。

王招娣说，路路聪明面孔呆肚肠，最容易上男人当。这个前世冤家王文龙，还是她前夫周伟东的弟兄，一来二去，路路不知怎么就被人家勾了魂去了，好好的日子不要过了，为了他才跟粮库小白脸离婚的。

朵小姐就想起婚礼上那个小白脸，大概皇后娘娘后来不再喜欢绣花枕头，喜欢有力道、有江湖气的男人了。王招娣说自己女儿，一五一十，诸多细节，不动声色，好像在说别人家的故事。说这个男人，背上有条龙文身，名字叫王文龙。他文了龙文身，当晚就去找路路显摆，路路就跟他去了他家，和他睡了。以后，就越来越离不开这个男的，九头牛都拉不回来。路路对小白脸丈夫吆三喝四，尽是嫌弃，说他绣花枕头烂稻草，看着触霉头。朵小姐想起伟国，想想自己也是一样。起先看不上伟国，踢了伟国去跟阿奎好，后来觉得阿奎很没用，跟阿奎离婚，又吃回头草，跟伟国好，低三下四，当二奶也认了。

王招娣说，我们路路最呆了，王文龙后来在温州开饭店，打电话叫路路去帮忙，说他浪子回头了，她真的带着儿子就去了。去了一年多，两个人又闹翻了，又为了另一个小贱人打架，路路被打得鼻青脸肿地回来了。哭了好几日，说死心了，再也不相信男人了。没办法，还得独自养儿子,她这样真是拖累我。我反复跟她说,男人嘛,有什么信不信的,她就是不相信我的话。女人家不相信男人但又需要男人,就是这么回事,我就是这么过来的。我女儿就是笨,后来才有点脑子了,搞起海边这家客栈来,总算有个正经事做。

朵小姐听王阿姨一席话,连连点头,也说些场面话宽慰她,说路路蛮像老板娘,生意头脑应该不错。

王招娣叹口气道,你信不信,要是王文龙来招魂,路路还是会跟他走的,她就是离不开他,前世作孽。

朵小姐听自己发小的故事,也有点恍惚起来,这就是长大后的皇后娘娘吗?她忽然想起伟国送她的第一个芭比娃娃,白皮肤、大眼睛、细腰的大胸妹,后来她收集了很多个芭比娃娃,都是这模样。她现在觉得丁路路也是一个芭比娃娃。想想自己,比丁路路精明一点,不会在一个男人身上死磕到底。伟国失踪了,她偷偷哭过很多次,后来她就当他死了,不再存念想,她的生活还得继续下去。她已不是从前的朵小姐,现在她要对两个孩子负责,没有时间哭哭啼啼。

朵小姐觉得很奇怪的是,王招娣在讲自己女儿的事情时,就像在说别人的闲话一样,语气还带冷嘲热讽的。后来隐约听其他女同学说起，让丁路路十八岁就打胎的那个男人，正是她母亲的前夫周伟东，那个曾经的剧团老师，现在承包了剧院的老板。那男人年轻时风流成性，人到中年，又招惹起前妻的亲闺女了。王招娣自己不会吐露这事，毕竟是家丑。但街坊上的人最爱捕风捉影，都说得有鼻子有眼。

事情是这样起的头。正当少女躁动期的丁路路，去母亲前夫承包的剧院里免费看了很多电影，那是一段十分快乐又无忧无虑的时光。那个时候刚刚搞活，聪明人都想着赚钱，撑死胆大的，饿死胆小的，为来钱快，周伟东就动脑筋搞活经济。

从前那个剧院，这时就辟出来一个可容纳五六十人的小厅，专门在晚上十点半的午夜场，放香港电影录像带，其中夹带几部香艳三级片。那片子，剧院门前的海报上是不出现的，属于意外惊喜。那时候，十八九岁的待业青年在小镇上成为最有活力的不安分因子，他们没什么夜生活，就会去看午夜场电影，等着新鲜的惊喜降临。尤其是在搞对象的小青年，男男女女成双成对，一边看着午夜场电影，一边趁黑摸来摸去不安分，有时候几个男青年为了争一个姑娘，难免干上一架。丁路路手头有零花钱时，会和小姐妹三五结队，一起买票去看电影，边看电影边吃零食。没钱时，就单独行动，去找伟东叔叔蹭电影看。

看着看着，丁路路和叔叔吃起了夜宵，时常在他那里逗留，王招娣竟毫不知情。叔叔看上去四十左右，人长得精神，依然挺拔，牢狱之灾也就添了一点沧桑感。叔叔时常说，路路你长得像你妈年轻时候。那时候，王招娣正是风情万种，风华正茂啊，有时像鲜花，有时像风中摇曳会唱歌的风铃，叮叮当当，招蜂引蝶，叔叔时常如此抒情，丁路路就傻傻不明白，叔叔为什么会这么怀念她妈，当年却还要离婚。叔叔就跟她解释，男人的劣根性都是这样的，不是喜欢了王招娣，就再也不会喜欢上别的女人了，他也拒绝不了别的美女的诱惑，特别是有些姑娘有目的，自己会送上门来，他犯错误，也觉得有些冤枉。又向她解释，当时你妈怀孕，我熬了大半年不能碰她，狐狸精主动送上门，怎么受得了。丁路路似懂非懂，听得脸红。在叔叔的教导下，丁路路似乎懂得了男人是一种什么样的动物。她正值情窦初开，觉得风流倜傥、性格复杂的叔叔，比自己老实巴交做烧饼的爸爸有意思多了。

再后来，叔叔就与丁路路有了许多促膝谈心的迷离时刻，谈到深情处激动处，就要抱着她，搂着她，抚摸她的头发，抚摸她的脸蛋，说把她当成干女儿，要把当年对她妈妈的亏欠补偿到她身上。以后路路有什么困难，尽管找他，却也没有更多的越界。丁路路陶醉其中，陷入一种奇怪的恋父情结，长成少女了，倒是跟自己的亲爹生分了。私下里，丁路路亲热地叫他干爹。再后来，干爹不知从哪里弄来一部讲不伦之恋的法国电影，只在自己的家里和丁路路两个人看，电影看到一半，丁路路把持不住了，自己先就酥了，不知何时，已经坐到干爹的腿上看电影了，干爹手不老实，伸进衣服里摸胸，说她发育得不错，告诉她这是女人身上最美的部分，含苞待放，她整个人就浑身酥麻了，干爹一颗一颗喂她吃樱桃，接着就出了丑事。

传这事的人，好像都跟亲眼所见一样，说到后来，总是越说越下流，好像他们一起观摩了一部三级片。朵小姐听得暗暗心惊。小地方，流言蜚语确实能杀死人啊。据说午夜场小电影火爆那两年，镇上腐化堕落的事情特别多，去镇医院偷偷打胎的姑娘，比以前多了三四倍，以十八九岁的小姑娘居多。

朵小姐到杭州读书工作后，很少再回外婆家，与小镇上的人接触得少，这桩秘闻，要二十年后才听老同学提起。当时镇上的碎嘴妇人们传得更离谱，说王招娣的女儿打了胎，王招娣跟女儿大吵一架，又去威胁前夫，若再敢招惹自己女儿，就找人把他阉割了，或者拿她的裁缝剪刀捅死他，大家同归于尽。周伟东被她吓住了，就出远门避风头。周伟东这辈子，两次都在"色"字上栽跟头。那时已经改革开放很多年了，没有流氓罪了，只是名声不好。两年后，周伟东做俄罗斯边贸生意，越做越大，良心发现，给王招娣汇了一大笔钱，算是赎罪。钱一半是给他哑巴儿子的，一半是给丁路路的，他又重新结了婚。丁路路倒是一点不恨干爹，始终觉得干爹对自己挺好的，后来她就拿干爹给的这笔钱，跟王文龙一起开了酒家。

有传言说，王招娣打了不争气的女儿，又从医院的熟人那里搞来胎盘烧红烧肉，给伤了元气的女儿进补。所有的故事版本里，似乎都是王招娣与前夫有了不断的恩怨情仇，剪不断理还乱，而丁路路的生父丁国铨，多年来只是个配角，丁路路始终不怎么在意他。

朵小姐听着皇后娘娘的故事时，因伟国失踪备受煎熬的自己，在丁路路的红尘故事里一点点治愈。周边倒霉的如花女子，也不是自己一个啊。

三　哑巴哥哥

那时，哑巴哥哥时常在丁路路的那家海边客栈帮忙。他有点喜欢上了那个地方。他从小长大的小镇离这里不到一百公里，没有海，倒是有一条河流过小镇中心。哑巴哥哥现在是笛子师傅，衣衫干净、齐整，戴黑框眼镜，脚上穿一双黑布鞋。如果不知道他是哑巴，一定会认为这是个清秀又有气质的江南男子。他时常一个人坐在客栈的小院子里，慢悠悠地吹笛子。人多的时候，他就在大堂里，给客人们演奏笛子，还会特地穿上一件蓝色的长衫。

从前，朵小姐基本上看不到哑巴哥哥，他在县城的聋哑学校上学，平时住校，要到周六下午才放假回家。丁路路眼里也没有这个哑巴哥哥，自己欢快地进进出出，连招呼都不跟哑巴哥哥打。何朵朵每次去她家，如果遇到哑巴哥哥坐在窗前看书，就往老式长木花窗里面笑笑，微微点个头，算是打过招呼了。去的次数多了，何朵朵觉得哑巴哥哥并不令人讨厌。有时在丁路路家的院子里，她会嬉笑着说，你哥哥怎么老是在看书呀？也不出来跟我们玩。又有一次说，你哥哥怎么像个呆秀才呀，一天到晚就知道看书，书有什么好看的。丁路路总是轻描淡写地说，他就是块木头呀，又不会说话。何朵朵说，那他要想说话可怎么办？丁路路说，他写字告诉我们。何朵朵说，你哥哥真可怜，要我一天不说话都难过死了。

后来听丁路路说，这个哥哥并非真正的聋哑人，小时候生病，发高烧好几天，烧迷糊了，后来不知怎么搞的，耳朵聋了一阵子，两年后渐渐又能听得见了，可嗓子就是发不出声音了，可能是声带烧坏了。何朵朵忽然想起，她们在院子里议论哑巴哥哥的那些闲碎话，没准都被哑巴哥哥听了去了，不觉有些难堪。

这对母女在家里欢乐地打打闹闹时，哑巴哥哥要么不在，要么好像永远一个人待在西厢房，坐在窗下安静地看书。西厢房里，有一排四扇老式雕花木窗，是向着小院子敞开的。有一天,何朵朵进了他家,回头看到哑巴哥哥读书的侧影,觉得哑巴低头看书的样子煞是俊秀,像戏文里的秀才张生,不免多看了一眼。另有一次,夏夜七八点钟,她第一次看到哑巴哥哥在窗前吹笛子,非常专注的样子,就对丁路路说,你哥哥还会吹笛子呢。丁路路说,我妈说,他名字里就带个"笛"字,当然会吹笛子了。何朵朵就问丁路路,你哥叫什么名字?丁路路说,他叫王笛清,跟我妈姓。何朵朵说,这个名字蛮讲究的。丁路路说,我妈说白把他生这么俊俏了,可惜他是个哑巴。何朵朵说,你哥哥挺厉害的呀,吹得真好听。丁路路说,我老是听都不觉得了,不过我哥会对着乐谱吹不少曲子。何朵朵对哑巴哥哥的好奇心虽未彻底满足,可不好意思再问下去了。

再说哑巴哥哥,丁路路同母异父的兄长,从小好像就跟笛子通灵,如今已是民间笛子行家,以教笛子为业,也参加一些民乐的演出。他教过的学生,据说有几个考上了省艺校,有一个还考上了上海音乐学院民乐专业。当年王招娣曾担心,这哑巴儿子一辈子只能待在福利工厂,糊糊火柴盒子,当个光棍了此残生,但是这种情况并未发生。王笛清在江南民乐界越来越受人尊重,被当成"异人",后辈都称他一声王老师,有的还尊敬地称呼他王先生。因为教笛子，王笛清不时还往杭州走动。虽然不会说话，他教徒弟的方法也比较特别，但就是管用。

长大后，朵小姐和哑巴哥哥第一次碰面，还是在多年前丁路路的婚礼上，两人只是匆匆打了个照面，那时候她在杭州，刚刚跟伟国一起做生意不久。婚礼在饭店的一个大厅里举行，穿着同色粉紫袖旗袍、化着浓妆的伴娘们很忙，簇拥着新娘子，进进出出，跟着新郎新娘敬酒到王笛清这桌时，朵小姐才看见了多年不见的哑巴哥哥，哑巴哥哥长高了不少，长大了再看，继承了他母亲的俊。他安静斯文地坐在一角，只是浅浅地跟朵小姐微笑致意了一下。显然，他也认出了朵小姐，朵小姐穿着很高的高跟鞋，是一个浓妆喜气、里外周到的伴娘，因为没有家常的样子，而是略带戏剧感的，作为伴娘的朵小姐不太真实。

等再一次在艳阳天客栈见到彼此，已是好多年以后。王笛清的日子仿佛是静止的，如水的，而朵小姐的日子却是动荡的，像风的。朵小姐已经是两个孩子的妈了，睡眠不好就有黑眼圈，一副哀愁落寞的少妇模样。岁月的隐忍在眉宇之间，依稀仍可见当年那个走进丁路路家院子的甜美少女的模样。

比起婚礼上的匆匆一见，这次见到的朵小姐，在王笛清眼里才是活生生的，扑面而来的人，她看起来已经是一个经历过事情的女人了。

朵小姐来到艳阳天客栈小住后，两人进出时常打照面，王笛清的一双眼睛很快就看出了她的落寞。很明显，她自己带着两个孩子，从未说起过，也没看到过孩子的父亲。他猜她可能是离婚了吧。她的举手投足之间，有一种柔弱的、忧戚的，又好像是一意孤行的东西，倒是显得不那么单薄。

哑巴的世界是神秘的，无人能知的。他不表达，没有人能知道他的世界是一座花园、一个水塘还是一块荒地，还是别的什么，只能从他的眼睛里猜测。但如果他是个卑微的小人物，也没有几个人想去了解一个哑巴的内心世界。

王笛清沉浸在自己的世界里，物质需求很少。丁路路出嫁后，他还住在从前的厢房里，就与笛子和书为伍。他从少年变成了青年，王招娣也不太看得出他的心事，只觉得这哑巴儿子的命似乎与自己预料的不一样，也许，他有他的福分呢。

后来小镇大规模改造扩建，丁国铨家美丽的小院子要拆迁了，此地要规划成一条商业步行街。拆迁后按政策，在镇子西边的新住宅区分了两套房子，一套丁国铨夫妇住，一套哑巴哥哥住，丁路路户口婚后迁出去了，没有房子分，后悔莫及。从此，哑巴哥哥就开始了独居生活，在家里教笛子。父母家在同一个小区里，走五分钟就到了。王招娣从不干涉他，也不催他结婚，也没抱孙子的想法。她知道哑巴儿子不可能将就，虽是个哑巴，心气却有点高，哑巴儿子除了不会说话，长得也算一表人才，也不甘心给他找个残疾姑娘，或者去乡下找个没文化姑娘进门，凑合着生儿育女，过完一辈子。王招娣年轻时心气也是高的，觉得品貌差点的姑娘，根本配不上她的哑巴儿子。母子两人虽然从来不交流这事，但心里是有默契的。有一阵子，当娘的感觉儿子好像有女人了，后来又风平浪静了。她也不敢多问，心里只希望哑巴儿子不要被姑娘欺骗，不要为感情伤心。后来才听别人说，她儿子喜欢的姑娘移居去了新加坡学音乐，两人好过一阵，分手了。王招娣的反应是，新加坡，啧啧，儿子的世界她已经不懂了。

　　王招娣不知道，儿子少年时，曾默默喜欢上经常来他家玩耍的何朵朵。因为何朵朵来家里时，每次推开墙门的两扇木头门，走进院子，都会朝窗户里的他微笑。何朵朵个子小小的，走的时候，路过他的窗口，还会再朝他微笑一次。有时候，他并没有特意看着窗外，但她路过窗口时，他眼睛的余光也能感受到,那少女的微笑,甜甜的,在他心里就像院子上空的月光,清白恬静。

有一天下午,何朵朵去找丁路路玩,丁路路去河埠头洗衣服去了,何朵朵等她回来时,看到哑巴哥哥蹲在院子里,不知搞什么东西,就过去蹲下来看,原来哑巴哥哥放在地上的,是两个青花瓷器的蛐蛐罐。何朵朵就埋头和哑巴哥哥一起看了会儿斗蛐蛐,头挨着头,挨得很近,哑巴哥哥感受到了少女发丝的幽幽气息,何朵朵并没有留意。等丁路路河埠头洗好衣服回来,两个姑娘进屋去,才跟哑巴哥哥告别。

那时候,镇上的男孩子有大把空闲时间,很多都玩斗蛐蛐,男孩子们会搭伴,去小河对岸的桥下,在大片的软土堆里捣鼓寻找,捉蛐蛐儿玩。哑巴哥哥小时候也喜欢玩这个,夏天晚来无事,有时候还和继父丁国铨两人在院子里斗蛐蛐。这对继父子,倒挺投缘的。

又有一次,是春天。哑巴哥哥和继父一起,在院子里一起埋头做一只蜈蚣形状的风筝,哑巴哥哥把废报纸剪成一条条的,给继父打下手。等何朵朵、丁路路两个姑娘从她们窃窃私语的房间出来,风筝已经完工。丁路路来了兴致,毫不客气地从哑巴哥哥手里接过了风筝,对何朵朵说:

走，我们去外面放风筝。两个女孩就欢欢喜喜地出去了，哑巴哥哥很想跟她们一起去，可是不好意思跟着，只得目送着两个小姑娘和蜈蚣风筝出了院子。

渐渐地，王笛清的心里，有了少女何朵朵巧笑倩兮的影子。他比她大三岁。他记得十五岁那年，在一个闷热的夏日黄昏，穿着外婆手工缝制的黄色小碎花布裙的何朵朵推门进院子，来找丁路路玩耍，正撞见哑巴哥哥站在院子的大水缸边，舀水往自己身上浇，从头到脚地浇了个湿透。那时候镇上人家没有淋浴间，每到夏天，镇上的男大人和男小孩都是这么洗澡的，先往身上浇一桶水凉快凉快，再打香皂，偷偷洗一下私处，再往身上淋几桶水，就很干净了，再回屋里换干净衣裤。哑巴哥哥忽然见何朵朵跑进来，就很害羞，感觉自己脸红到了耳朵根，赶紧侧过了身。当晚，哑巴哥哥梦见了穿花布裙子的少女何朵朵，第一次遗精了。

哑巴哥哥，就这样长成了少年王笛清，有了人生中第一个进驻到自己花园的姑娘。

人生聚散易，后来风向转了。初中毕业前，何朵朵来他家院子的时候就少了，丁路路越发野，也更爱打扮了。有一天，是星期天晚上，路路跟小姐妹一起在家里，将她爸夹烧饼的火钳在煤饼炉上烧红，学着小姐妹表姐的样子，将自己原来扎起来梳成马尾辫的头发夹卷了。一开始，火钳烧得不够红，丁路路照镜子，觉得卷曲度不够，要小姐妹再试一次，第二次火钳烧过了头，小姐妹给她夹头发的时候，吱的一声，一股焦味随着轻烟冒出来，不过丁路路觉得有点焦黄的鬈发，比原来的马尾辫好看得多。又偷偷学隔壁漂亮大姐姐，用同学院子里的凤仙花染指甲，上学前再洗掉。又用红花喇叭花，把肉色丝袜染成了红色，觉得穿在风凉鞋里，特别地妖娆。她那时不知道，这是从学生味走向了风尘味。那时丁路路有点爱跟高年级的男生混在一起，说说笑笑。后来何朵朵和丁路路不在一个班，慢慢就更疏远了，不再涉足她家了。

皇后娘娘有了一帮新朋友，是看起来更成熟的女孩子们，她们来家中玩耍，叽叽喳喳的，麻雀一般欢闹，王笛清有时也羡慕妹妹活泼外向，有这么多的朋友，一天到晚都成群结队，鱼贯而入，鱼贯而出。也有小姑娘进院子时跟他打招呼，向他微笑，但她们的微笑，在他眼中再也没那么特别了。

四　一剪梅

在艳阳天客栈,朵小姐和王笛清第一次交流,是一个闲适的下午。王笛清坐在小院里吹笛,练一首曲子。朵小姐刚洗了头,两个孩子在午睡,就安静地坐在王笛清对面的位子,听他吹笛。一曲吹罢,朵小姐对王笛清说,很好听。王笛清点点头,朝她笑了。朵小姐又问,刚才那个曲子叫什么?王笛清拿出手机,在手机屏幕上写好"一剪梅"三个字,给朵小姐看。朵小姐看了,若有所思,说,我记得小时候,你家院子里有一棵蜡梅树。你妈还给我剪了一枝,拿回家去,香了好久。王笛清写,我记得的,那天我也在。朵小姐轻笑起来。

朵小姐说，你吹吧，我听一会儿。王笛清笑了笑，就又吹了起来。又听了会儿，朵小姐起身，说，柱子哥快醒了。不一会儿，朵小姐把柱子哥抱出来了。

朵小姐的儿子，小名柱子哥的那个男孩，自从来客栈后，很喜欢跟哑巴叔叔在一起，只要一听哑巴叔叔吹笛子，柱子哥就安静地睁大了眼睛。朵小姐就开玩笑说，你以后收他当徒弟得了。哑巴哥微笑点头。因为柱子哥，朵小姐待在王笛清身边的时间也越来越多。慢慢地，朵小姐觉得王笛清的笛声，好像说的正是她的心事，尤其是在月夜，笛声紧贴着她的寂寞，她更喜欢哑巴哥哥的笛声了。

有一天，棠棠吵着，要哑巴叔叔带她和弟弟去海边吹笛子，哑巴叔叔答应了，朵小姐就拖儿带女，跟着王笛清出发了。开车到海边的一处沙滩，王笛清坐在一块礁石上吹笛子。棠棠在旁边跑来跑去捡海贝，柱子哥猫在妈妈的怀里，安静地听，眼睛亮亮的。何朵朵不知王笛清吹的曲子名字，只觉动人。黄昏时分，海上光线瑰丽，天空被晕染了。王笛清吹完笛子，给朵小姐和两个孩子拍了很多晚霞中的照片。朵小姐静静地坐在大礁石上，凝望着前方，似有心事，又似有欢喜。

日沉大海前，大大小小一行四人返回客栈。朵小姐开着车，忽一阵恍惚，眼下的每一天，跟从前的日子很不一样，她离从前的生活远了，仿佛过了几十年。从前，她跟伟国不是一起养孩子，就是一起做生意，一起去香港购物，去里斯本时，她已经是孕妇了，住在海边的房子里，觉得安逸。再从前，她跟阿奎一起，如今竟有恍如隔世之感。阿奎渐渐远去，成了隐没在人潮中的陌生人。她从来没有想过，生命中会有这样的时刻。那天晚上，等两个孩子睡了，她再一次拨伟国的那个老的手机号码，依然是不正常的短音，她也不记得自己拨过多少次这个电话了，就像是无聊时干一件惯性的事情。渐渐地，一次又一次之后，她的情绪在改变。从开始的打不通电话后的沮丧，慢慢变成了结束拨号动作后的平静。

很快，在三门海边的客栈住了快满一个月了。朵小姐犹豫着是否该回杭州了，又有点不想挪动时，丁路路的那个前世冤家王文龙忽然回来了。不知怎么的，浪子又要回头了，或许是人到中年，王文龙开始重视唯一的儿子了，他父母看在孙子面上，总是唠叨着，要王文龙跟丁路路好好过日子。

王文龙躲了丁路路两年，这次特地赶回来请她，说要接丁路路和儿子去东莞，并且想给丁路路一个名分，正式娶她，丁路路嘴上说着"你这死鬼还知道回来"，脸上却明显灿烂起来。朵小姐见到王文龙时，看到他脸上有点浮肿的暗沉，牙齿被烟熏得黑黑的，依然有股子混江湖的霸气，也难怪丁路路执迷得深。在王文龙的鼎盛时期，他是江湖上的男人，她是江湖上的女人，原本就天生一对。可男人花心，一个茶壶可以配四个杯呢，女人就痛苦了，只想一个茶杯配一个茶壶。现在的王文龙大概玩不动了，浪了半生，从前皮肤黑里透着红，身上有无穷的精力，如今却是黑里透着黄，疲态毕现。王文龙也想有个家了，想来想去，还是这个家乡的女人最贴心，对自己死心塌地，而且他们还有儿子，他的骨血。他不再彪悍，往事通通放下了。

朵小姐本想丁路路为她口中的"老公""死鬼"吃了那么多苦，寻夫索夫，被卷走钱财，那男人对她和孩子不管不顾，如今他想回头，她哪怕念旧情，是不是也该摆一摆皇后娘娘的架子？

她不知道王文龙和丁路路这一对冤家，再聚首的这一夜是怎么过的，免不得哭哭笑笑，丁路路会不会接受这个败下来的浪子呢。那一夜，朵小姐睡不着，在自己的床上辗转寻思着，等两个孩子入了梦乡，她的思绪还是纷乱。从小一起长大的自己和丁路路，到底是什么样的女人？她想着自己和伟国多年以来的纠缠，也不知道自己为什么会让伟国那样，后来她从身到心，都成了伟国的女人。他们之间，从激烈的征服战中生长出温柔的东西来，本来他们要结婚了。伟国这个冤家，不知道如今在哪里，她确信他不会为了哪个女人离开她和一双儿女，但他又为什么消失了呢。

回国后，她辗转打听伟国的下落，都没有消息，她又不愿意带着一双儿女，上门去找伟国的父母要人。她没有这个厚脸皮，更不会去找伟国的妻子。

伟国会不会再出现呢？也许此刻她在明处，伟国在暗处。杭州的房子在，伟国随时可以进家门。但是伟国到底是忽然有一天回来好呢，还是干脆点，有个人已不在的信息好呢，朵小姐自己也摸不透自己的心。是死是活，到如今她都能够接受，只想来个痛快的，这样的漫长凌迟，才是最残忍的事。

她又一次拨伟国的电话，虽然知道这是徒劳。放下手机，翻个身睡觉。

这个独眠的夜晚，半夜醒来，朵小姐的心被扯了一下。在经历了不知是否漫长的独眠岁月后，第一次听到自己身体里的声音，荒疏已久的情欲，像溪涧里的深水，哗哗地流过。

没料到，王文龙来客栈的第二天晚上，丁路路和王文龙两个就来找朵小姐商量，说能不能把客栈盘给朵小姐，让她经营下去。他们讲了这客栈的种种好处，王文龙说，看得出朵妹子比路路能干，可以做得更大。丁路路娇嗔地朝他斜了一眼，你说我不能干吗？王文龙就捏了捏丁路路的脸，你傻得可爱，所以我要把你带走。丁路路身子倚过去，又娇嗔地说，老公，随你带我去天涯海角，我都跟你。两人如胶似漆。

王文龙出去抽烟，昔日小姐妹坐着闲话。丁路路说，你觉得奇怪吧，我为什么跟着他？朵小姐嗯了一声，等她说下去。丁路路说，他对不起我，又回头找我，跟我说，路路，我就是个混蛋，但你不知道，我们俩，其实一路货色，散不了的。如果你是男的，你就是我；我是女的，我就是你。这辈子我知道你是吃亏的，下辈子你就做男的，也像我现在对你这样，狠狠折磨我好了。丁路路说，他下跪赔礼，我就哭了。我知道，他再怎么伤害我，我也逃不了的。

朵小姐住了一个月，明白这客栈的好，客栈已成她的精神庇护所。这里位置佳，风景不错，如今出来度假的人越来越多,有点特色的民宿正火,好好经营下去,肯定是不错的生计。只是之前从没有想过当一家客栈的老板娘,客栈并不在杭州,倒是离她父母的老家三门何家村不远。

朵小姐对丁路路说,我还定不下来,等我先回家一趟,商量一下,再做决定吧。

丁路路说,不急,不急。不过我老公蛮会看人,他跟我讲,你的老同学中,何朵朵最有老板娘相。

朵小姐从三门回到杭州,马上要过中秋节。柱子哥断奶后,她父母答应来杭州帮忙带外孙。现实的原因也摆在那里,父母老了,母亲有风湿病,父亲之前得过病做过大手术,地里的活也干不动了。何家村成了空心村,年轻人渐渐跑光了,几乎只剩下老人和儿童。

杭州这边,眼下小儿子和大女儿家里,老人们都不能常住,住在二女儿何朵朵处,互相有个照应,也是不错的选择。

中秋节傍晚,一家人都聚拢了,朵小姐特地买了大闸蟹,嫌母亲的厨艺粗糙,准备自己动手,从下午起就在厨房里忙开了。到五点多时,姐姐弟弟两家人也都来了。

快一年光景不见,何竹儿留起了长发,烫到适度的卷曲,整个人看起来和从前不一样了。短发的何竹儿,结了婚看起来还是清纯女大学生模样，长发的何竹儿呢，是个风情万种之间，又有丝缕哀愁若隐若浮的，有故事的女人了。

何竹儿是从结婚第三年开始养起长头发的，等长发齐了腰，正面背面，都是个标致的美人儿。自从蓄了千丝万缕的长发后，何竹儿的人生就比从前过得复杂了。朵小姐从母亲处听闻，姐姐现在跟丈夫的关系时好时坏，夫妻俩时有争吵。为什么吵架，竹儿又不愿意说。母亲担心说，不会是有了孩子，家里鸡飞狗跳的糟心，你姐夫有了外心了吧？朵小姐只是淡淡地说，这些事情不好说，家家都有一本难念的经。

朵小姐远赴里斯本之后，姐妹俩一年难得碰面，比从前一起蜗居在杭州时生分多了。亲姐妹各有各的日子，各有各的男人和孩子要对付，端着各自的烦恼心事，谁都是欲言又止，避免深谈。

中秋节了，全家人一起吃了团圆饭后，收拾完满是蟹壳的桌子，摆上月饼果盒，泡上茶。朵小姐母亲说，要是今天沈波和伟国都在，那就齐全了。朵小姐这时才平静地说，齐全不了了，伟国失踪了。

顿时，一家人都愣在那儿，随后像炸了锅一样，世界末日似的。连何竹儿的表情都好像妹妹没了伟国，就成了弃妇，明天孤儿寡母会流落街头似的。

伟国会不会是被绑架了，仇家寻仇？要是正常被抓的话，是不会这么不明不白的。可是绑架的话，不会一直没有消息，难道已经被撕票了？如果是被绑架勒索，歹徒不大可能找朵小姐，应该找他的法定家人谈条件，要赎金。那万一没谈好，被撕票了，朵小姐是不是也不知情？朵小姐要不要上门去，直接问伟国的家人，毕竟是两个孩子的妈，哪怕伟国不在了，两个孩子也是伟国的骨血，他家能不闻不问吗？

家里人七嘴八舌的，朵小姐全听不进去，越说越显出她一个二奶身份的女人处境的荒唐。如果是伟国的妻子，这时候要怎样怎样，这些不都是废话吗？命运弄人，本来她和伟国马上要去领证了，伟国离开里斯本，就是办这件事去的。命运突然一个急拐，转头鸡飞蛋打。

朵小姐心里烦，手里拿着一小块月饼慢慢啃着。她心想自己家里人都没什么能力，关键时候都是指望不上的，就只会宣泄负面情绪。父母这几年，习惯了伟国的照应，这个"女婿"给了他们不少实惠，如今失了靠山，本能地就发慌起来，就像已经差了钱了。何竹儿则是担心朵朵一个三十几岁的女人,青春不再,又没什么赚钱的本领,失了伟国这靠山以后,生活更加不易。她们的弟弟,却说些义正词严的,意思是伟国干的那些事,谁都知道打的是擦边球,迟早要出事的。

朵小姐听着刺耳,就对弟弟说,你姐夫也没亏待你吧,说这些风凉话。

弟弟冷冷地说,姐夫?他是我姐夫吗?奸商吧。

朵小姐气得眼泪掉下来。曾经对她弟弟的好都是白好,她和伟国可没少替这个弟弟操心。又想想如今农村里长大的男孩子都是这样,也不是她弟弟一个,父母到头来能指望的,就是有儿子续个香火。

他们的母亲赶紧打圆场,对儿子说,做人要有良心啊。

现在这小弟,大学毕业后吃上公家饭了,好像早忘了当年找工作,伟国用他的关系请关键人物吃了饭,帮他打点过,否则公务员考试他能过笔试关,面试关哪里那么容易过的。朵小姐想想这个弟弟也是奇怪,好像从来没有为家里做过什么,两个姐姐在杭州也没少照顾他,他一直都是心安理得的样子。

亲人们在那里长吁短叹,说来说去,都是朵朵以后怎么办。朵小姐忍着心烦意乱,心里一声冷笑,看别人演戏似的。

终于，朵小姐说了句狠话：你们都不信吗，我自己带着两个孩子能够活得很好。

何竹儿感叹道，女人真是靠男人不行，不靠男人也不行。你姐夫吧，我想靠他时，结果发现都是靠不住的，他跳槽到了现在的国企，看起来升职加薪的，其实家里更顾不上了，我只能靠自己。我不想靠他时，他却要来靠我，说男人社会上很累，要我帮夫，为了他的位子，我没少陪他结交的那些哥们弟兄喝酒吃饭，有时还搞到家里来，要烧饭给他们吃，好酒好菜伺候。他现在好像没有饭局是不敢去的，别人一叫就出去，屁颠屁颠，丢了魂似的。有时候，我感觉他变了，有时候，又觉得他没变，只是环境所迫，身不由己。

姐姐说这番话的时候，姐夫沈波中秋节也在外面有应酬。因为上面来了领导要蹲点考察，中秋节赶不回北京，只能陪着。到九点多时，竹儿接到沈波电话，要她过去接他。她听到电话里人声嘈杂，有人起哄，"今天中秋啊，怎么能把夫妻分开呢，请嫂夫人过来喝杯团圆酒！""要来要来，否则不给兄弟面子！""难道沈波还要金屋藏娇吗，不够意思啊！把嫂子叫过来喝交杯酒才是好兄弟！"

竹儿听到丈夫在电话里低低求她，你看，你不来他们要灌我酒，不肯罢休啊，我快不行了。

竹儿气恼地说，你应酬你的就是了，干吗又要扯上我，累不累啊。电话里的沈波说，我没办法，谁让老婆是个美人，名声在外啊。

竹儿哭笑不得，挂了电话，撇撇嘴，说要先走了，要去把沈波弄回家，我不去他们不会放过他的。母亲对竹儿说，要沈波少喝点酒。弟弟也说，就一起走吧。

那么真实又不那么愉快的一家子聚会后，朵小姐很快就做了个决定，就把丁路路的艳阳天客栈盘过来吧。先不管自己能否把客栈开好，有事做，心里才不会空。两个孩子，自己没空时就让她父母在杭州带着，她每个星期回杭州一趟，或者让父母带他们过来团聚。等要上学了，就在杭州读书。自从有了棠棠后，到柱子哥的出生，这几年当着全职妈妈，她不太在意外面的事了，反正外头的事有伟国呢，也忘了自己原来是会做生意的，若不是伟国出事，她可能会一直这样过下去。

可如今，朵小姐身上的另一部分正在被唤醒，她毕竟是那个曾经闯过江湖，不太安分的朵小姐啊。

除了伟国的老巢义乌不想涉足，如今她想去哪里就去哪里。起码,她是自由的。朵小姐顾不上伤春悲秋,顾不上凄惶,海风吹得多了,心也吹大了。

五　海边客栈

朵小姐正式成为海边民宿艳阳天的老板时，有几个人并没有随着原老板娘丁路路的退出离她而去。丁路路的爸爸丁国铨，哑巴哥哥王笛清都习惯了这里，丁路路的妈妈王招娣也不时来客栈帮忙，跟朵小姐说说话，说到底，他们还是不放心丁路路，万一再被男人气回来，她能去哪儿呢，年纪也越来越大了，饭碗也不好找了。朵小姐心下有数了，客气地说，她要是真的回来了，这里总有事情做的。

丁路路爸妈的房间依然保留着，他们要的报酬有限，都是知趣的人，很快就谈妥了。王笛清的房间，是朵小姐主动提出保留的，希望他能经常来住住，吹吹笛子，也可以给她的客栈带来点人气。笛清微笑着点头,他本来就舍不得离开朵朵。尽管留在此地的理由各人都不一样,但这种时候,朵小姐还是觉得这里有他们,比她一个人单枪匹马的更好。

客栈萧规曹随地经营了一个月,正碰上旺季,生意不错,也没什么大事。很快入了秋,客人渐渐少了。之后是冬天,客栈最淡的季节来了。除了几个在这里长住求清静搞创作的客人,每日的人气寡淡多了。守店的感觉,真是有几分凄凉。但民宿有淡旺季,是自然规律。

朵小姐想趁此时间,整一整客栈硬件。原先客栈的公共客厅不够温暖,灯光的调子偏冷,就想干脆趁淡季整改一下,就从网上东挑西选,订购了一个大大的用电壁炉。看看院子,又跟丁国铨商量,能否围个篱笆,看起来更气派。丁国铨欣然同意,兴致勃勃地动手了。

王笛清周末时常开车来这里,也跟他继父一起埋头干活,折腾篱笆的事,这对没有血缘关系的父子倒是非常和谐,让从小不在父母身边的朵小姐心生羡慕。棠棠和柱子哥也爱跟在他们屁股后面。朵小姐这阵子从没想过,这个画面里如果多了伟国,会是怎样,一次也没想过。

新的一年,元旦的头几天,棠棠和柱子哥在杭州跟外公外婆在一起,元旦生意忙走不开,朵小姐很快回了客栈,路路爸妈家中有些事情,都没有过来。王笛清不放心何朵朵,元旦第二天就过来了。晚上的时候,笛清在客厅里的新壁炉前独自吹笛,笛声悠扬。有了这假炉火,红通通的,房间的客人们也都喜欢到客厅里坐,朵小姐给大家泡了一大壶普洱茶,拿出瓜子、红薯片和鱿鱼丝招待大家,这些东西都是她上网精挑细选买的。笛清的曲子,她听得入神。

王笛清还在吹笛,朵小姐一个人悄悄走到院子里,外面很冷,她站在月亮下面,笛声远了些,清幽了些,却有更多的音符流入心田。朵小姐站在月光下静静地听,一直等笛声停了,才走回屋内。进屋时迎面遇上王笛清关切的目光,她朝他笑了笑,很快就打起了好几个喷嚏。

晚上就发烧了。她很久没有生过病,也不敢生病,如此一病就被击倒。辗转了一夜,第二天面有菜色。白天,王笛清忙前忙后,不能说话就写字条,对客人也是有问必答。晚上,他陪着何朵朵,怕她难受,好给她端个茶递个水。

她的确需要人陪。他给她敷冷毛巾、量体温、拍背、煮榨菜瘦肉粥给她喝。后来她昏昏沉沉,靠着他睡着了。他轻轻理了理她额前几缕凌乱的头发。后来他和衣靠在她的床沿边，也迷迷糊糊睡过去了。她半夜醒了想喝粥，见他就在边上，好像睡着了，就撑起手静静地望着他。望了会儿，她侧过身去，用手臂环住了他。他大概是知道的吧。又过了会儿，她轻声说，我想喝点粥。他马上坐直了。过了一会儿，她喝了粥，觉得自己胃里又舒服了一些，又倒头睡去，依然用手臂环着他。

她今生没有过这样的冬夜。她的肉体是沉重的，心却浸润在宁静的夜中。跟阿奎时，她没心没肺，青春年少，本能大于一切。跟伟国时，先是激烈的性爱，后来生儿育女，激情退却，转而变成老夫老妻般的默契，成为孩子的爸妈。唯有这高烧夜，王笛清如此安静地、专注地，把她当小女孩一般地守候着，她恍若回到了童年。小时候生病，外婆也是这样守着她，也只有外婆会这样守着她。

她的手臂环着他，他一动不动。在她醒来就着屋里的夜灯，静静盯着身边的他看时，她好像看到了昏晦环境中一道很亮的光线。

又一个周末，客栈里冷冷清清，没什么客人，朵小姐想笛清今天肯定会来的。王笛清果然又和平常的时间一样，开车来到客栈。朵小姐听到他的汽车马达声，然后马达熄灭，他进了自己的房间，已经是周五晚上九点多了。朵小姐把两个孩子哄睡着了,去王笛清的房间找他,他靠在床头,正翻一册乐谱。朵小姐说,陪我出去走走吧。王笛清指指她的衣服,意思是问她冷不冷。朵小姐说,我不冷,穿得挺多的,你加件衣服吧。王笛清穿上羽绒衣,跟着朵小姐一起走到户外。冬日海边,月亮清冷,微咸的空气。朵小姐边走边说,我已经好了,要多谢你照顾我。笛清拍了拍她的背。两个人就默默地走,走到一个拐角处,这里一丝风没有,朵小姐就站住了,转过来对他说:喂,我有几个问题要问你,你只要点头或摇头就可以。王笛清有点不安地看着她,点点头。

朵小姐问:你是不是在意我?王笛清点头。朵小姐问:你是不是早就喜欢我了?王笛清愣了会儿,又点头。朵小姐说,那你为什么不抱抱我?笛清又愣了一会儿,站在月色下,遵命似的,把朵小姐紧紧地抱住了。

他们就这样站在冬夜的月亮下,那会儿,世界更静默了,朵小姐也一起跟着王笛清进入了无声的世界。不需要语言,就这样环抱着,贴着对方温暖的身体,暂时什么也不想。

他不会说话,她也没觉得不方便。自她回来后,他其实一直都在陪着她。只要一个人有一颗心,怎么会没有感觉呢。朵小姐甚至想，有时候，一个人不说话，比说话还好。

跟王笛清在一起的第一夜，是朵小姐此生最温柔缠绵的一夜。他不发出声音，她也不发出声音。他们彼此相拥、亲吻，很慢很慢地厮磨着，静水深流，而后彼此都感激涕零。

转眼春天，海边的暖风一吹，客人又渐渐多了起来。撑过了一个冬天，新建的篱笆和新种的花草，全都显得生机勃勃。院子里的一棵樱树、一棵绣球花树、一棵桃树，次第开了花。朵小姐从前有打理淘宝店的经验，如今就请了专业摄影师，专程来客栈拍了一组宣传照，又请笛清录了一段在屋前篱笆内吹笛子的视频，发到了客栈的淘宝店和微信公众号上。朵小姐委托了一些朋友帮忙转发，也不白欠人情，承诺转发者一年内可以来免费住一晚。

艳阳天的订单一天天多了。一到三月的春分，客栈的十个房间天天爆满，路路的爸妈也来帮忙了，一切都显示出好势头，而且这个海边客栈因其景致，吸引了很多年轻人来此拍婚纱照，于是来往客人更多了。

路路妈艳羡地说：朵朵，还是你能干啊，比路路干得像样多了。

朵小姐说，有你们帮我呢，我自己怎么行。

路路妈有点要流泪，说，我们路路，还是没福气啊。

朵小姐劝慰道，没准她在那儿也挺开心啊，总是一家人在一起。

路路妈还是摇摇头，嘀咕道：女大不由娘啊。

朵小姐跟路路妈开玩笑道，还是笛清省心吧。

路路妈笑道：是啊，我竟然没想到，我以为笛清会拖累我一辈子，结果他什么都不用我操心，除了不会说话，还不想结婚。反正我操心也操不到他的点子上，我也懒得管他的事。他呢，是我们家的秀才，我们都是粗人，不懂他心里想什么。路路妈认为，哑巴除了是哑巴，他继承了亲生父母身上最多的优点，他的才华一定是来自周伟东那个冤家，他的亲生父亲。这肯定是老天开眼了。

朵小姐笑起来，借口跑开了，忙别的去了。

过几日，有一个温州来的大老板，带着儿子来找王笛清拜师学艺，希望让儿子在这客栈住三个月，让王笛清只专心教他儿子一个人，师徒一起闭关的意思。温州老板有钱，希望儿子潜心当音乐家，不要再做生意了。一想这三个月可以在此陪朵朵，报酬也不菲，笛清就答应了。

春天是躁动的季节。也有失恋的女孩，辞了工作，独自来海边疗情伤的，一住就是一个月。跟朵小姐、路路妈聊多了，心情渐渐也开朗起来。住到二十天的时候，和常住这里写网络小说的一个男青年好上了，甜蜜得不得了。

从春到夏到秋，客栈几乎成了情人们的天堂。朵小姐看久了，也摸出点门道来。叽叽喳喳很活跃地进来入住的，基本上是还没结婚的恋人。比较安静的中年男女，应该以情人居多。另一个有趣的现象是，中年人一对对的，彼此的默契要比那些叽叽喳喳的恋人们多，彼此又似乎很淡漠。有一天，一个样貌标致的中年女人推着行李箱进来了，正在办入住手续时，一个男人从楼上下来，两个人也不打招呼，男人就在女人边上站着，等女人办完了，男人就帮她拎起行李箱，女人就跟着他上楼了。朵小姐就觉得这一对很舒服。又比如点菜，中年男女面对面坐着，几乎不需要讨论，很快就点好了，基本上都是一个人负责点菜，有时是男人，有时是女人。但小情侣们对着菜单，讨论来讨论去，好半天了，最后才以女孩子拍板结束，边上的中年男女那桌已经上第二个菜了。客栈里进进出出时，小情侣一路还要打情骂俏，女孩子要男孩子背进院子，或者旁若无人地边走边玩亲亲的。中年的那一对对，都特别安静，连笑都不大声笑。

一个月后，那个因失恋来疗伤的女孩子走了，她把那位驻扎在这儿大半年的网络小说写手也带走了。告别的时候，女孩笑嘻嘻地对朵小姐说：他哪儿不能写，回城里也一样能写，不能一直在这里装。朵小姐笑着说，可怜我的长期客人被你拐走了。

也有一天夜里，听闻某个房间伤心女人的哭声，但白天退房时，都是一脸的平静，十个女子，也看不出是哪一个女人昨晚上在哭。朵小姐见得多了，好像自己的境遇也没什么特别。

朵小姐和王笛清，在海边客栈享受着他们的二人世界，如今，她基本上已经能听出笛清吹的那些曲子的名字。

有一天，朵小姐带棠棠和柱子哥回杭州小住，想起要找一本弃之多年不用的存折，里面有一万块钱，是她某年过生日时，伟国夹在送她的一个芭比娃娃里给她的。那时她刚生了棠棠，伟国对她也挺大方，除了家用的钱，还会有这些奖励她养女儿辛苦的钱。那个金发芭比娃娃，是伟国送她的最后一个芭比娃娃。自从她进入妈妈角色，她与伟国之间似乎超越了芭比娃娃这个曾经的玩偶情结。亲情的纽带，让朵小姐比从前更多了一份踏实感。而"芭比娃娃"这个性的隐喻，渐渐消失于她的生活中了。她与伟国之间纠缠多年感情的物证，一个又一个的芭比娃娃，从山寨货到正牌货，伴随着她的青春岁月，慢慢地，好像跟她无关了。

不过终究舍不得丢弃，它们依然很美，像新的一样，睁着无辜的大眼睛，寂寞地度过了人世的春夏秋冬。朵小姐把它们都收起来，封存了，如今无论在杭州的家里，还是在客栈的住处，一个芭比娃娃的影子都没有。

朵小姐完全没有想到，这些芭比娃娃可以是一点点大起来的小女孩棠棠的玩具，甚至是心爱的玩具。

有一天，她出门理发，一回家，就惊见女儿抱着一个芭比娃娃在玩，她立马上前，凶凶地叱了过去。棠棠见妈妈突然翻脸，吓得哭起来了，边哭边诉说，我跟外婆，下午在各个房间角落玩捉迷藏，看到了一个纸箱子，很好奇里面是什么，就要外婆打开看，发现箱子里有好多漂亮的娃娃，为什么妈妈都不拿出来给我玩？妈妈这么小气！

朵小姐严肃地说，这些不是给你当玩具的。

棠棠说，为什么不能玩？外婆也说，棠棠可以拿一个先玩着。

朵小姐生硬地说，就不是给你玩的。

棠棠大哭道，我好喜欢，你有这么多娃娃，为什么不给我玩？你是坏人。

朵小姐气急败坏道，信不信，我把它们全部扔了，省得你惦记。

棠棠哭着喊，为什么要扔？为什么要扔？为什么妈妈你有这么多娃娃，我一个也没有。

面对突然歇斯底里的女儿，朵小姐无言以对。心一软，这爸爸的掌上明珠，大名沈慰慰的女孩，已经很久没见过爸爸了。但她还是从女儿手里夺过那个芭比，放回了箱子里，又用胶带重新封了起来。

在厨房里洗菜的棠棠外婆，走进来安慰哭哭啼啼的棠棠，不敢多话，有点奇怪地看了女儿朵朵一眼。

外婆哄着棠棠说，就是，什么宝贝，明天外婆给你买一个。

朵小姐心烦地说，妈，你别添乱。好玩的东西多的是，不要给她买娃娃，买别的玩具就是了。

朵小姐独自回了房间，眼泪不争气地流了下来。她已经有一段时间不去想伟国了，伟国已变成一个影子，正一点点地变淡。现在这突然间冒出来的芭比娃娃，又狠狠地撞击了一下她的心。她想起很多从前的事情——她与伟国的初见，他怎么追她，她又怎么一意孤行地要离开他，后来人生数场败仗,一场连着一场,她在杭州几无立足之地,又如何委曲求全,回到他身边。她是摆脱不了他掌控的真人版芭比娃娃,曾经骄傲地离开了,又卑微地回来。她最困窘之时,根本来不及问一下自己的自尊。从前伟国对她最宠溺时,特制了一个朵小姐真人模样的芭比娃娃当生日礼物送给她。还好,这个独一无二的朵小姐真人芭比另外收好了,没有被棠棠翻出来。

就是这个绝版芭比,在朵小姐的记忆中也只是关联着性,而不是爱。它是她在床上用力讨好伟国的那些年的见证。如果她女儿再玩,她做母亲的只会觉得无地自容。

如此这般,十多年时光过去了。伟国爱过她吗?她心里是不确定的。她曾无数次劝慰自己,一个男人喜欢跟她上床,喜欢吃她烧的饭菜,在她最困难的时候收留了她,不爱是不可能的吧。要说是爱吧,伟国对她又好像更多的是收服,是男人的不甘心。在他失踪之前,他们是一家人。对她,是仅有的家。他是家外有家。他在决定要给她名分前,忽然就活不见人、死不见尸了。

她想,我这个女人,命很硬。

但是现在的她不同了。她的身体里,存下了王笛清温柔似水的记忆。笛清有一把软扫帚,正一点点扫除她身体中累积的自轻自贱，还有荒凉，还有从前男人留下的印迹。这把软扫帚，可能是他的笛声，他的目光，他的静默，他的亲吻。她发现，自己现在最需要的是笛清，而不是伟国。伟国好像正在往后退。她面前的人是笛清，注视她的人也是笛清。只有跟笛清在一起后，好像才可以摆脱跟伟国在一起时的复杂感觉。

她想大哭一场，哭完了，与过去做个了断。她洗去了脸上的淡妆，平静一下自己。经过刚才的芭比风波，虽然还是舍不得真的扔掉那一箱陪伴多年的娃娃，那是她青春的记忆，但她不想女儿的人生再蹈她的覆辙，变成又一个芭比娃娃。

第二天，为了让女儿尽快忘掉芭比娃娃，她把柱子哥留给外婆，带棠棠去了儿童公园，玩各种项目，待到要吃晚饭了才回家。棠棠玩得很开心，到了家，果然没再提芭比娃娃的事。

在杭州的几天，姐姐何竹儿来过一次，带着女儿来看望父母，姐夫沈波依然没有一起来。朵朵问竹儿怎么老不见姐夫，竹儿说，整天忙得影子都不见一个，不是加班，就是推不掉的饭局。基本上是我一个人，又要上班又要当爹又要当妈。

竹儿虽然习惯性地抱怨，可朵小姐觉得姐姐的眉宇间，似乎多了女人的风情，连竹儿对丈夫的幽怨里，也埋着一种风情。朵小姐忽然一个念头闪过：这样的一个何竹儿是个危险的女人。

果然一个多月后，竹儿独自来到朵朵的客栈，说孩子放到奶奶家去了，她想清净几天，想清楚一些事情。她的烦恼，除了自己的亲妹妹，真不知道怎么跟别人说。

到了晚上，竹儿要喝点酒，朵朵就陪姐姐一起喝。竹儿一杯又一杯喝黄酒，像要把自己灌醉的意思，朵朵就夺下她的杯子，问她到底遇到了什么事。竹儿的眼泪一串串地涌出来，对朵朵说，你知道你姐夫是什么人吗？朵朵说，有别的女人了？竹儿说，这我不知道，你想不到还有更恶心的。朵朵问，究竟什么事，不妨说出来，让我帮你想想该怎么办。竹儿说，他都会给我拉皮条了。朵朵奇怪道，拉什么皮条？竹儿说，他拱手把我送给他上面来的领导。朵朵惊道，有这种事？自己给自己戴绿帽？竹儿说，你想不到吧。我就这样被他给卖了。

怎么会到这一步的？竹儿说，他官迷心窍了呗。你记得吗？去年中秋节，我们一起在你家吃饭，沈波他就在陪那个上面来的总部领导。后来都喝多了，中秋节晚上，又打电话把我叫去，要我去作陪，不然人家不放过他，要他喝酒。后来我去了，我看沈波的确招架不住了，我就替他喝了几杯。那领导四五十岁吧，有不露声色的霸气，一直盯着我看，然后他说，女神来了，大家可不要失态了。又说，看你们小夫妻中秋节双双把月赏，我等一下就一个人孤零零宾馆里看月亮喽。在座的都恭维领导，夸他为革命工作牺牲了家庭生活，领导情感很丰富又很平易近人地说，你们不知道，我也是有情怀的人，也喜欢读读诗歌的。

在场的几个沈波的同事起哄，要竹儿代表杭州女人拥抱领导一下，竹儿看一眼沈波，见他眼里有隐隐的祈求的意思，也不知自己为什么要这么妥协，就真的上前去，礼貌性地拥抱了一下沈波的领导。

领导说，杭州姑娘，美丽的女神，真的是善解人意呀。

当晚，沈波携竹儿得以解脱，双双回家去了。出租车上，沈波一直握着竹儿的手，说，让老婆大人担惊受怕了。竹儿生气。沈波说，你不来，这帮孙子不知什么时候肯结束，没准还要去娱乐场所，现在他后面的事情就可以不管了。竹儿说，你要小心啊，这看起来那么风光的单位，怎么乌七八糟的。沈波说，你对社会了解还不够。哪儿都一样。你不妥协，就可能出局。我也是没办法。

后来呢？何朵朵问。

竹儿说，后来，我被那个男的纠缠上了，加了微信，他回去后，时常给我发信息，道早安晚安。我也不想告诉沈波。有一次他来杭州，说要请我吃饭，那天沈波正好在外地出差，那男人特地说了，是经过沈波同意的，几个朋友一起，也请她代表沈波出席。竹儿犹豫了一下，只得答应了。就去了他订的餐厅，哪里知道他说的地方，其实是一个私密隐蔽的会所，她到了那里，服务员领进去一看，大沙发、雅座、榻榻米应有尽有，还有沉香，只有他和她两个人。来都来了，她只得坐下。他一开始礼貌、体贴的样子，说谢谢她来陪他，就喝一点不会醉的酒，他有很多话想跟她说，所以不叫很多人来凑热闹了。她渐渐放松下来。他跟她讲他的奋斗史。从安徽的普通大学毕业，他一个人一路奋斗，怎么成了高管，他平时喜欢看的书，喜欢的高雅音乐等等。他劝她喝酒也不是强劝，而是说一个人喝酒无趣，最好是二三知己一起。她笑了，他多少请她也喝一点点，女人喝一点点酒，身体健康，气色也好。他说像她这样三十多岁的女人，正是人生最操劳的时候，上有老下有小，有时丈夫太忙，体贴不够，不要太委屈自己了。

她发现，他说的话，都是知心话，她爱听的。她平时特别想听,结婚后却没有人跟她说,也听不到。她不知不觉中喝了点酒,渐渐地不再回避他的眼睛说话,只觉得相见恨晚。她也说着自己人生中的困惑,还有夫妻沟通越来越少,她也总是顾不得自己等等。她也不知道为什么,会对着这样一个男人,脱口而出这些心思。

他说,我把你当作红颜知己了,男人都想要一个红颜知己。谁让你那天过来抱我一下呢?

她脸红了。说她那时被人家起哄,也不知怎么办才好,也不想太高冷。他说,其实我也一样啊,我也不知道怎么办才好。我们也有我们的难处,下来蹲点,你太高冷了,下面的人担心你在想什么,是不是要拿他们开刀,惊弓之鸟似的。有时候,我也只好入乡随俗,逢场作戏啊。

推心置腹间,最后的甜品上来了。他拿起一小杯黄酒,站起来,坐到宽大舒适的沙发上,对她说,你们江南的黄酒,真的有后劲啊。这时她坐得远,好像两个人说话不那么方便了。

他并没有马上叫她坐过去,就这样聊了一阵。后来,他说,你可以坐过来吗?我们放松点,难得啊。下次请你吃饭,也不知道什么时候了。

她就犹豫着,站起身,坐了过去。开始时两个人都正襟危坐的。很快,他的手就揽了她的肩。她没有反抗,她很久没有被人追求过了。他就接着吻了她,非常地有力、专注、不由分说。他很会接吻,嘴唇湿润,马上把她卷进去了。

他感觉她越来越软,起来揽着她的腰,走了几步,推开一道门,里面是一个不像房间的房间,有一张像床的,更大更柔软的沙发,熏过幽幽的香气,他拉她倒在了那上面。她没有反抗的力气,就这样稀里糊涂地,他们已经抱在一起了。

她回家的时候觉得羞愧难当,心思复杂,越想越觉得这是个阴谋。丈夫这次出差,要一周后才回来,这个男人挑了这个时候来了杭州,很轻易就拿下了他口中的"女神"。原来,她才发现自己是那么经不起诱惑。

第二天晚上,男人给她发短信,请她去他下榻的宾馆,她不回。过了半小时,他又发来短信,他说,我想你,竹。她回了,不想去。他又发来一句,好残忍,叫我今晚怎么入睡。她不回。过了一会儿,他又发,来吧,好吗?我明天要走了。正是午夜十一点。她很快回了个"好"字,对着镜子抹上了鲜红色口红。她换好衣服,打车奔去了他的宾馆房间,一进门,他就横抱她到了床上。他们热烈地纠缠着。这一次她真的沦陷了,她根本不想思考太多,其实连刚才出门前隆重的打扮也不需要。

沈波升职,那个晚上的答谢饭局上,竹儿被要求一起跟着夫君去庆祝。她答应了,整个酒桌上都很配合他,言笑晏晏。后来夫妻俩回到家里,沈波对她说谢谢的时候,她忽然给了他一巴掌,说,你真恶心。

沈波说,你是不是跟他上床了?竹儿凶凶地说,是的,他比你好。沈波忽然弯腰蹲在地上,哭了。

她说她要跟他离婚,现在她的心完全变了,再也不是从前跟他亦步亦趋的女学生何竹儿了。她痛诉的时候,沈波只是一味地委顿,身体弓成了一只虾。第二天清早,她就动身出发,来到了妹妹的海边客栈。

何朵朵听完何竹儿的故事,对姐姐说,我现在觉得,世界上没有那么多好人,也没那么多坏人。只是你自己想要怎样的生活。何竹儿点头称是,对朵朵说,我倒觉得你现在过得挺明白的。朵朵说,你也会明白的。

六　早春二月

春节前，正在客栈忙碌的朵小姐接到了一个电话，急急地说要赶回杭州一趟。她对笛清说，有重要事，回来再说。

竟是伟国的母亲找她。从未谋面的一对"婆媳"，在运河边一家僻静的茶馆见了面，声音压得低低的，说了蛮长时间的话。朵小姐知道了，伟国死在了越南。但伟国的母亲也不能确定，向伟国伸黑手的到底是什么人。

朵小姐陷入了死一般的沉默之中，眼泪含在眼眶里，没有落下。

伟国的母亲说，他本来是要跟你结婚的，所以我把你看成是我家的媳妇。伟国在里斯本的房子是以母亲的名义买的,她说她去世前,会把房子过户给伟国跟朵小姐生的一儿一女,现在的租金就让何朵朵收着,补贴家用,希望她好好把一双儿女养育成人。

伟国出事后,公司破产,还好是有限责任公司。伟国的丈人后来也倒了,但只是被革职并党内处分,幸免了牢狱之灾。

老太太痛惜道,我们家忙活了两代人,辛苦勤劳地操持,越做越大,风光无限,到伟国手里,企业发展一日千里,民营企业家的各种政治荣誉也有了,又结交了不少权贵,真是呼风唤雨,没料到一个大浪头,又打回到了起点,儿子还被这潮头卷走了,丢了命。老太太说,还好几套房子都在,他们养老是没有问题的。现在大家只能各自谨守本分,各自安好。

老太太看起来也并不老,六十几岁的样子,神态却沧桑忧戚。她说,伟国是个好孩子啊。早知道,我就劝他生意不要做那么大了,小本生意,能过日子就成。

她说,现在我只有孙子孙女们了。只要你乐意,随时欢迎你带着孩子来。

后来,朵小姐说柱子哥还没取大名,上户口也有点麻烦。柱子哥是遗腹子，她请伟国妈给取个名字。伟国妈想了一阵，说，就叫沈义忆吧。义乌的义，记忆的忆。上户口的事，我们会想办法帮你的。

老太太没有告诉朵小姐，伟国在越南还有个同居的女人。伟国在越南所赚得的钱全部给了越南的女人，这个数目也不小，所以才招惹来了黑社会大哥的觊觎，又惹来祸端。老太太知道，她在越南还有一个孙女，在伟国死后几个月才出生，又是一个遗腹子。

朵小姐把老太太送上了出租车，答应孩子大些会带他们去看望爷爷奶奶。两个悲痛的女人挥手作别。

在哀悼伟国的悲伤中，朵小姐依稀看清了自己未来的方向。

不久，皇后娘娘回到了客栈，给朵小姐当副手。她男人王文龙也一起回来了，说可以在客栈当个保安安身。

王文龙残疾了，一条腿被人打断。经济形势不好，他经营的小额贷款公司被人坑了，还不出钱，穷困潦倒了，丁路路还是守着他。有一天路路劝他和她一起回家，不要在他乡瞎折腾了，他同意了，说后半辈子不折腾了，就跟她在一起了。

在客栈当保安后，王文龙好像泄了劲，变得平和，沉默寡言，他是路路孩子的爸，路路对他还是那样，老公老公地叫着。可他的脸上，仿佛无喜无悲了。

做了几个月保安后，王文龙无声无息地跳海死了。死前给丁路路留了字条：对不起老婆，对不起儿子。丁路路号哭了几天，人瘦得脱了形。料理完王文龙的后事之后，她似乎变得平静安详，继续在客栈给朵小姐帮忙。丁路路说，我这辈子的情关算是渡完了，往后不会再这么为男人哭了。朵小姐说，你命还长着呢，说不定以后有个人对你好。

风平浪静时，沈波来了。沈波是来客栈探望分居有些时日的何竹儿的。到晚上，沈波和竹儿去海边，走了长长的路，两个人认真地谈了一次。沈波说了很多话，希望与竹儿重修旧好。其中有一句话说服了竹儿。他说，我这个男人四十了，想要权力，想往上爬，你觉得我讨厌，可是你不是也迷上了更有权势的男人，觉得他比我优秀，比我有趣吗？人性都是差不多的，你和我都抵挡不了。

听到这番话，竹儿心里动了一下。

沈波说，竹儿，这一切的打拼奋斗，如果让我跟你成了陌路人，我也觉得没意思。

他希望她再给他一点时间，换个公司，重新开始，也希望她跟那个男人了断。思量再三，何竹儿答应了。都是千疮百孔的人，都不完美。就当他们是两个迷途的孩子，在浮世里都迷失了一回吧。

早春二月的一天，何朵朵回了一趟杭州的家，王笛清陪着她。她处理了一些伟国的旧物，要跟过去告别了。

最后，看到了放在储藏室里，曾经惹得棠棠大哭的那一箱各款各版的芭比娃娃。她想了想，把这个箱子放进了汽车的后备厢里。一儿一女暂时在杭州住着。

第二天，她和笛清一起又回到了海边的客栈，现在已经更名为"一朵笛声"。现在从杭州开车到客栈，路上只要两个多小时，他们每周都会回杭州。

到了客栈，休息了一会儿，朵小姐要王笛清再陪她去海边，开着车去。

海上夕阳西下之时。车停在沙滩。朵小姐打开汽车后备厢，搬出一个箱子，把所有的芭比娃娃一一取出来，在傍晚红日西沉的沙滩上排成了一排，然后她拉着王笛清坐到了远一点的一块大石头上。

潮水一点点地涨起来，拍打沙滩。渐渐地，一个个芭比娃娃被拍到了海水里，滑出了沙滩，退向海里，在潮水的拍打下,越退越远,她和王笛清的目光追寻着在海上漂流的芭比娃娃们,直到它们再也看不见了。

番外　蟋蟀记

一　大叻

他睁开眼睛时，发现自己正在一个十几平方的房间里。这房间是他完全陌生的。他又看了看，像是个旅馆的房间。一个激灵，他赶紧摸摸自己的身体，又去卫生间的镜子前，左照照右照照，检查完全身没有大的伤口，心下这才稍安。之前他在网上看到过，有人莫名其妙被下了迷药，割去一只肾，孤零零扔进异乡的某个肮脏的小旅店里。还好，他眼下身体是完整的。

脑袋迷迷糊糊的。他让自己镇定，重新闭上眼睛，让思想集中到一个点，想清楚，再决定下一步。那一天，也不知是几天前，他拐进一条背街小巷时，几个陌生男子拦住了他。三个"便衣警察"把他押到一辆面包车上,说要送他去一个地方。他不知道为什么自己会顺从地跟他们走。上了车之后,他很快就被上了手铐。眼睛蒙上了一块黑布,什么也看不见了。只听得有人说,路远着呢,好好睡一觉。他感觉到自己手腕上被扎了一针,渐渐地,就什么也不知道了。等清醒过来,就是此刻。似乎是在一家陌生旅馆的房间里。

他拉开窗帘想看看窗外,发现窗布后面也是墙。这个房间并没有窗户。四壁空空。有面墙上有钉子的痕迹,或许原来此处应有一幅装饰画。

是牢房吗?他吓了一跳。他从前也没见过牢房的样子,觉得不太像。十分钟过去了,他越来越心慌,因为无法确定,现在他在哪里,他是自由的,还是被囚禁的。

暂时让这谜团先留一会儿吧,他还不想自己的命运这么猝不及防地被宣判。得再回忆一下,身体里的力量还不够,他宁愿先在回忆里待一会儿。起码,回忆里有一些是暖的。

之前,他在葡萄牙里斯本的房子里,一家三口,也可以说是四口。他期待中的儿子柱子哥还在朵小姐的肚子里。他在那里度过了一段清闲的时间,那里像是有一个平行世界，与义乌和杭州的时光是平行的，却是另一个世界。简单清净。他像是另一个人，提前进入了退休生活。但是他知道，山雨欲来。

义乌那边，已是风声鹤唳。一条藤上的蚱蜢们，一个个都进去了。轮到自己是迟早的事。他有两宗罪：制假售假和贿赂官员。他心里为自己辩护，哪个做企业的没有原罪啊，清清白白能做起来吗？他以母亲的名义秘密买下了里斯本的这处独幢房产。这件事情，只有他们母子俩知道。母亲是他的同盟，母亲连他爹也不告诉，怕老头子沉不住气。妻子知道他在里斯本避风头，但并不知道房子的事。

假离婚其实是他的局长岳父最早提出的。他和妻子都觉得是个办法。他记得那天一下飞机，就有公司的车子来接。正好是周五，说带齐了各种证件，直接去民政局办个离婚手续再回家。不一会儿，妻子开着车也来了。司机把他送到民政局后，载着他的行李先回去了，等事情办好后，再来接他。没想到周五下午婚姻登记处办离婚的人挺多，在民政局等了近两个小时后，他的妻子变成了前妻。前妻办完事，要赶着去赴一个小姐妹的生日会，要晚上睡觉前回家。前夫妇就此匆匆别过，就像寻常日子里的每一天。他打算自己走回家去。走了几步路看到一家肯德基，肚子饿了，就买了薯条和鸡翅带上了。

薯条和鸡翅没吃成，家也没回成，他就莫名其妙地在这里了，像牢房又不像牢房的小房间。

这时才想起来要翻翻自己的私人物品。他在床边找到一只黑色公文包，打开一看，里面是一部新手机、一本护照，打开护照一看，明明是他的头像，却叫另一个名字：董其林。

钱数了两遍，有一万美金。一下子数完这些钞票，这个动作让他心里踏实了一点。又翻找出一张字条——

董其林：去理个发，就在这里安心生活，不要跟任何人联系，不要轻举妄动。

字条是打印出来的印刷体，连个笔迹都没有，却这么口语化。他发了一会儿呆，终于琢磨明白一件事：他现在叫董其林。如果还要这条小命，他肯定不能轻举妄动。但是多久不能动，给字条的人没有说明期限。

打开新手机，里面什么号码都没有。收到的第一条信息一个字也看不懂，因为不是中文。除了自己原来手机的号码，他几乎不记得所有联系人的号码，以前号码都是存在手机里的。除了他母亲的，手机号一直没有改过，他记得，但他不敢打。

心突突跳，试着打开房间的门，原来门并没有锁住。警惕地左顾右盼，迟疑了一下，他走了出去。走出很小的简易的大堂，走到大街上。这是一个完全陌生的地方。是大城市还是小城市？他不清楚。

几分钟后，他发现他竟然不是在中国。又过了半小时，他知道这里是大叻，越南南部的一个小城，离胡志明市三百多公里。

在大街上，他定定神，沉思了半天，猜想可能是局长岳父一手安排了他。岳父今年五十五岁，仕途还在最后一搏的上升期，不能让他这个企业家女婿搅黄了，就让女儿跟他离婚。他不在中国的时候，肯定是搞了一些小动作，把女儿在操盘的公司的责任都推到了他这个女婿这边，然后让女婿一离婚就畏罪潜逃。或许是女儿求情了吧，毕竟没有对他下死手，只是让他消失了。

他的前妻，他是知道的，官家的千金，大体上是良人，不会故意害人。这类官家千金却是意志薄弱者，只能同甘不能共苦。她读过一点书，大专文凭是混的，没什么真本事。顺风顺水时，玩得兴起，做公司比他更没有底线，比他更爱钱，喜欢买买买，去美容院打发时间。他以前觉得女人就是这样，贪心多，不如男人审慎。她是小地方的土公主，也不会想更多。他曾经思忖，他们这些人都是对外一套规则，对内一套规则。她从小就处在人情社会中，从来不会反思所得到的是否是正当所得。一旦有点事情，她习惯听父亲的，有权势的父亲才是她的头号男人。若父亲倒了，她只会顺流直下，什么也不是了，从公主降为民妇，委委屈屈地过，反正也能过。父亲不倒，她的未来和终身大事都是亮堂的。此时女人三十刚出头，还不算老。父亲步步高升，想当他乘龙快婿的上进青年排着队。寒门子弟，一次跟官家的联姻，就能少奋斗个十年八年。

他不是很确定，他家外有家的事情，前妻是真不知情，还是假装不知，节骨眼上来个算总账。这么说来，他们也是同床异梦多年的，他其实看不透她。

董其林在大晌午后的强烈阳光下，深深地吸了一口气，脸颊边，有不知是汗还是泪的水。他把手在裤兜上擦了擦，低着头又慢慢地踱回去。

从这天起，他被迫开始成为一个叫董其林的人。他在封闭的屋子里，对着这个名字发了好几天的呆，也不知道在他做董其林之前，有没有一个叫董其林的男人活在世上，他是不是顶了这个人的身份，那个真正的董其林死了吗？是被什么人杀了，还是跟他一样被动地从地球上消失了？

他的太阳穴又开始发涨，一跳一跳。去卫生间用水冲了脸，重新又坐在床上，抱着脑袋。他打定主意只能再等等。眼下的一万美元，可以续上一阵子命。

他再次走出门去，来到陌生街头。下午三四点，天气依然闷热，阳光炙热，睁不开眼。街上的摩托车伴着喧天噪音飞驰而过，让他想起家乡义乌。这儿还真有点像义乌，又不像义乌。他没有太阳镜，眯着眼东看西看时，险些撞上一辆摩托车，耳边响起一声喇叭的尖叫。他在烈日下彷徨着，吓出一身冷汗。定了定神后，他终于找到了兑换越南币的银行。

他饿了，在街边小摊上吃了碗米粉，想起字条上写的要他理个发，他不敢不理。他走进了旅馆附近的一家发廊。一个穿着湖蓝色奥丽侬内衣的越南妹子给他洗头。他闭上了眼睛，越南妹子的手在他的头皮上轻揉，他眼前浮现起一大一小两个女子——朵小姐和小海棠，小海棠在他身上撒娇，要骑到爸爸脖子上，女儿的笑声清脆娇俏。他和前妻生的儿子，本来正打算从义乌送去上海读国际学校。人间真是美好，他懒懒地闭上眼睛，然后睁开，让理发师给他剃光头。他再次闭上眼睛，听到推子在自己头皮上掠过。睁开眼时，看着镜子里连自己都不认识的怪样儿，苦笑了一下。

晚上七点半,光头董其林这一天第三次走到大叻街上,看起来已经像一个地道的越南男子了。黝黑,丢在大叻的人堆里,一点不起眼。他想起朵小姐肚子里的柱子哥快要来到世上了。他的姐姐或许此刻牵着朵小姐的手,会问起爸爸什么时候回来,但是,他现在是董其林,而且不知道要做多久的董其林。他感到虽然没有一座有大铁门的监狱锁住他,实际上就在一个人生地不熟的地方服刑,一个没有编号的囚犯。

街边有日光灯照得很亮的一溜儿夜市摊,一些黝黑朴素的人来来往往,高矮胖瘦。他在街边的夜市摊买了T恤短裤拖鞋等衣物,沟通并没有多少障碍,原来这个地方的摊主接触的中国游客多,会说几句简单的中文。

他比几个小时前安稳了一点。回到旅馆的房间,几乎是睁眼闭眼地折腾到天亮,忽然有冲动,想找旅馆总台调一下他进来时的录像看,想知道是什么人把他送到这儿来的,又一想,放弃了。他自己也是江湖中人,随便街上找两个人,给点钱,让他们送一个不省人事的"醉鬼"到房间,并非难事。此刻他又怕前路茫茫,有种绝望,又怕死。

活命要紧。不要轻举妄动,也意味着不能有任何"反侦查"的行为。这个，混过多少江湖的董其林是懂的。

第三天，董其林基本上待在房间里，简陋的电视机打开着，电视里的鸟语有点像广东话的腔调，他看画面。有一部越南的连续剧，一个下午都在播，他虽听不懂在讲什么，不过大致明白讲的是两大越南黑帮恩仇。到黄昏，他饿了就去街上吃点东西，再慢慢踱回来。

到晚上，他的身体里生出了情绪，扑在床上嗷嗷地哭，闷雷一样。哭累了又睡过去，做光怪陆离的梦。梦中有女人小孩，却不知是谁，脸是模糊的。

早上六点醒来，天气还不热。他冲个澡，决定离开这里，考虑换家旅馆住，反正他要离开这里。果然，退房的时候发现有人付过三天房费了。看来那个看不见的安排者也是让他在这里过渡三天。他思忖，只要不轻举妄动，比如跟国内的家人联系，暂时还没有要把他"做"掉的意思吧，否则，对方不必留钱给他。

三个月后，光头董其林变成了寸头董其林，住在大叻郊区一排小平房里的一间，略略会说几句大叻话。他知道了大叻因为来旅游的人多，很多当地人都会说几句英语，或者中文。

二 芭蕉

几经辗转,董其林在大叻郊野越南人的一家蟋蟀庄园饲养起了蟋蟀。这里的蟋蟀都是养殖的,养在大大的木桶里,养肥了,就上越南人的餐桌。越南人爱吃虫子,蟋蟀是一道美味,炒着吃,炸着吃。董其林自己不吃蟋蟀,在他观念里,雄蟋蟀是用来斗的,不是用来吃的。他在蟋蟀庄园只做饲养的活,大部分时候,他就盯着那些乌泱泱的木桶里乱爬的小虫发呆。

他已经会说一些当地话,这里也能听到福建话广东话,中国来的人也不少。工友们都知道这个时常眼冒精光的中年男子是中国人,却不知道他的来历。有些社会经验的本地工友，猜这个精干黝黑的中国人不简单，他有故事，说不定见过大风大浪。有人问他，你怎么会来这里的？他就说，在中国做生意失败，钱赔光了，没脸见人，索性换个地方图个清净。工友们起哄，说笑，那么你来躲债的，还是躲女人的？董其林只是友好地笑笑。

有人问，你老婆呢？跟人跑了吗？

董其林说，没钱了，哪里还会有老婆。

他们就说，对呀，对呀，有钱才会有老婆。有老婆还不够，还会有别的女人。越有钱，女人就越多，十个八个，你忙得过来吗？女人吧，都贪男人。跟了有钱男人，穿金戴银。

董其林说，我不想女人，一个人过，自由自在。

人家就说，骗人的吧，终归搂着女人睡觉好，睡得香。等你有钱了，我们给你介绍个女人，让你搂着女人睡觉。

身边的人，也就是些朴实的、粗野的底层汉子。董其林觉得他们无害，人也还算善良。起码，他在这里打工还是安全的。喝喝酒，胡乱说说女人，起起哄，劳作之外一天的时间就过去了。他甚至觉得自己快麻木了。现在让他赚够钱买张机票回国，他是不敢的，再说可以证明自己身份的东西都没有了，他怎么回去，难道一个中国人还得想办法偷渡回中国？想想心里还是恐惧，要是轻举妄动，说不定哪天就横尸街头了。又或许，他早已经自由了，根本没有人管他。可是谁知道呢，他毕竟胆小，怕丢了命。

没过几天，深夜，他听到有人敲门，警惕又慌张地起来，紧张地来到门边，低声问是谁，居然是一个女子柔柔的声音，叫他董哥。他开门，是一个穿着绿色背心牛仔裤的姑娘，胸脯高高的，低腰的牛仔裤，露出平坦的小腹，典型的热带略早熟女孩的风情，手里捧着两只菠萝。他见过她几次，是一起养蟋蟀的越南工友的妹妹，名字听起来发音像"芭蕉"。

董其林正奇怪的时候，叫芭蕉的妹子低头说：董哥，我哥让我陪你，说你是个不简单的人，我以后跟你，不会吃亏的。董其林看了她一眼，漠然说，我不用人陪，你走吧。芭蕉说，我哥叫我来的，我听我哥的，我给你带了菠萝饭。董其林说，你回去吧，我没心思跟女人玩，女人太麻烦了。芭蕉把两只菠萝饭塞给了董其林，委屈地低头走了。

后面几天上工，芭蕉每天都会在董其林眼皮底下出现一下，不远不近的，也不跟他说话，又仿佛形影不离，打个下手。有一天，董其林低声跟芭蕉说，你做的菠萝饭很好吃，她好像听懂了，笑了笑。隔了一个星期，一个休息日晚上，芭蕉又来敲门了。董其林开门，一看又是芭蕉，芭蕉站在门头，左手有一个菠萝，右手拎着一串五色线串着的粽子，穿着翠绿色的低胸露脐装，牛仔裤，低头不响。董其林难得地笑了，把她拉进了屋，说，又有菠萝饭呀。

董其林才知道，明天是越历五月初五，越南人也过端午节。芭蕉说，菠萝饭是刚做的，粽子是我早上亲手包的。董其林看到碧绿的芭蕉叶裹的粽子，叶子似乎比中国的芭蕉颜色更鲜艳。芭蕉柔声说，圆的是肉馅的，方的是椰丝绿豆的甜粽。董其林问她多大了，芭蕉说，我十九岁了，刚从乡下过来，家里穷、孩子多，地里的活也不需要她干。原来芭蕉下面，还有两个弟弟一个妹妹，三张嘴等吃饭呢。她就来投奔哥哥，看蟋蟀庄园里有没有事可做。

芭蕉轻轻的一声"董哥"，眼睛怯怯地看着他，像小鹿之类的小动物。她的眼睛黑漆漆的，比他之前的女人的眼睛看起来都更单纯。董其林应了一声，雄性的力量好像瞬间就从他身上复苏了。他很久以来都没那种感觉了，那个器官似乎已经沉睡了很久。他终于感到自己的下腹一热，躁动。他伸手摸了下芭蕉红润的嘴唇，一把抱住了芭蕉，又快速地脱去了芭蕉身上的绿色小背心，她青春的身体鲜润饱满，自然健康，乳房发育得比朵小姐还要饱满，充满着热带水果般的蜜汁诱惑。他说，明天是端午节？芭蕉轻声说，是端午节。他"哦"了一声，一边说了声"粽子"，一边把她横抱到单人床上放平，他很快就喘起粗气。她不声不响，他像一只困兽，不一会儿就撞进了她的身体内，他看到她痛得颤抖了一下，又温顺地闭上了眼睛，不知她是否仅仅是接纳。后来他大声地喊着，眼睛觉得干涩，却有沙漠地下水一般的泪流出来，流在了芭蕉的双乳间，他就去吮吸芭蕉的乳房，他喃喃道，粽子，你的粽子。这时候他发现，他是多么需要一个女人！

等他平静下来，又恢复了深不可测的静默。他在小床上仰面躺着，腿叉成一个"大"字，他赤身露体，不以为意。他盯着天花板，也不看她。她挨着他，小心翼翼地靠近。他感觉到她怯怯的温情，很满意。黎明前，他又进入了她一次，这一次更持久，像是刚才那场暴风雨的长久回味。芭蕉似乎被一种氛围打动，不再仅仅是接纳，她仿佛感动于自己如此被一个人需要，她对他是重要的，她很感谢他，于是她抱紧了他，开始热烈地回应他，他听到了她身体里欢快的小鹿般的鸣叫。

他大喊了两声什么，芭蕉也听不懂，只感觉他好像在抒发什么亢奋的心情，又像是要跟这个世界战斗。

芭蕉现在也在学习养蟋蟀。那一夜以后，芭蕉晚上就常到董其林的屋子里来，有时还帮他做点好吃的。椰子海鲜饭、菠萝猪排饭是芭蕉拿手的。他仔细看她，肤色略深，不像朵小姐白净细致。芭蕉平时也不擦粉，很自然的脸色和肤色。天气热，手上忙的时候脸上冒汗，她就很自然地用手擦一擦或甩一甩，她很喜欢出汗，身上好像总有水汽。他们依然话很少，简单的词语、短句交流，好像说话也并没有太大的必要，都是朴素生活里的事情，朴素生活里的道理，递一个眼色就能明白，两个人沉默地吃完了饭，有时候芭蕉会买来啤酒给董其林喝，他会给她也倒一点，让她陪他喝。吃饱了，有过剩的精力使不完，就用到床上去。

两个人不曾一起出过门，走到大街上去。芭蕉比他以前的女人年纪小多了。越南女人好像比中国女人更简单。那时候也很年轻的朵小姐，一边跟他纠缠着，一边又嫌弃他，心意从来不坚定。忽然又嫁给别人了，也不知图什么，后来吃了点苦头，离了婚，又回来找他，好在她还是回来了。他发迹了，成了企业家，也没嫌弃她，这小贱人，她不跟他还能跟谁呢。芭蕉可不会有那么多心思，她一心一意，以他为天。想到这儿，他脸上有了一丝久违的笑意，总想起年轻那会儿，跟他总是别别扭扭的朵小姐，他百般讨好她，她还是骄傲得紧，可他偏偏喜欢她，更加想征服她。男女之间，真是一物降一物，没有道理好讲。现在朵小姐和他们的一儿一女跟他远隔天涯，他对他们无能为力了，他不知道她会怎样，他想念他们，却自身难保。他眼下不是沈伟国了，他是董其林。董其林只有一个叫芭蕉的女人，她好像不太聪明，没上过几年学，却足够温顺。他那颗干涩的心，暂时得到了人间的滋补。

几个月后，他学会了更多的越南话，他明白了芭蕉的名字，其实应该是"花椒"，是他一开始听错了。但是他叫她芭蕉叫惯了，就懒得改口了，一个称呼而已。他一边比画着，一边开玩笑说，芭蕉那么大一张，绿的；花椒那么小一粒，也是绿的。

这个打趣芭蕉、花椒的晚上，董其林难得地笑了。芭蕉见他高兴，就像只小猫一样躺在他身上，跟他腻在一起。他发现，芭蕉可能小时候是很少被人疼、被人抱的，当他抱着她，抚摸她的背脊时，芭蕉是非常舒服的，乖巧满足的样子。他知道她喜欢他的搂抱，喜欢偎着他，偶尔休息一天，她整晚都紧紧地抱着他。他挪开一点，她很快就会自动贴过来，要贴到他的皮肤才踏实。以他的经验，他明白了芭蕉是个可怜的女孩，现在她非常迷恋被一个人疼爱的感觉，她又有点像他的孩子。有一天，他用学会的越南话跟她打趣说，没人抱你吗？她说，没有的。他说，你爸爸妈妈小时候也不抱你吗？她摇摇头，我不记得了，好像没有的。他说，那我抱你。芭蕉就乖顺地说，董哥你抱我，真舒服啊。他心里涌起一阵怜悯，还有疼惜。

他抱着芭蕉，想起自己的童年。他小时候最爱玩斗蛐蛐，不知道是不是跟"蛐蛐儿"是他的小名有关系，他满周岁时抓周，抓的就是一只蛐蛐罐儿。有时还为了跟人去野外捉蛐蛐而逃学，有时深夜出去捉蛐蛐，害得他妈到处找人。他是懂蛐蛐的，好像生来就懂。

他教会了几个经常在一起的工友，从饲养的海量蛐蛐中，找出其中的"战斗蛐蛐"，找来罐子斗蛐蛐取乐，给蟋蟀们取了名字：小的叫赵云、吕蒙，最帅的那只叫吕布，老的叫黄忠，一只特别乌黑油亮的叫张飞，就是没有叫关公的，因为关公在他心目中是财神爷，怕亵渎了。渐渐地，跟他一起玩斗蛐蛐的工友越来越多。

自从开怀笑了那一次后，养蛐蛐、斗蛐蛐、跟芭蕉厮混，构成了董其林的大叻三部曲。他开始感受到做董其林的乐趣，有时候，他会忘记自己的过去。他也不知道，什么时候，今生还有没有机会，能够从流落在异国的董其林做回那个成功的义乌民营企业家，而现在，他只能沉溺在一个热辣辣的温柔乡里，挥洒着汗水和荷尔蒙麻痹自己。

有了芭蕉后，董其林的蟋蟀小王国也越来越庞大了。跟着他玩斗蟋蟀的当地人越来越多，一开始斗蟋蟀的输赢不过是小赌赌，但本来就有生意头脑的董其林，一年多就做成了"蟋蟀庄主"。从选蟋蟀、选罐子、养蟋蟀到斗蟋蟀，到坐庄抽头搞"斗蟋蟀会"，董其林搞得有声有色。

董其林又有钱了，就带着芭蕉搬离了原来的平房，住到了大叻的一处更好的公寓里。

一年后，大叻当地的一个黑社会老大渐渐有了耳闻，传话要董其林交保护费，说得极客气，董其林知道黑社会不好惹，就乖乖地按要求交了保护费。

现在，董其林在这个蟋蟀庄园周边，已经是个有名的外来者了，很多工友都叫他董哥，都觉得他有头脑，能带兄弟们挣更多的钱。这时期的越南，好像有点像中国的上世纪八十年代了，大家都跃跃欲试，想发财致富。工友们有事也喜欢来问董哥，他觉得自己好像成了这群越南人的精神领袖，一颗死灰的心又复燃起生命的火焰。有时他担心自己会招来不好的事情，就低调一段时间，行事特别谨慎。但过些日子，他又放松了，要他一直像蝼蚁那样活着，活下去，又觉得比死了还难受。

江湖上已经有人称他为"蟋蟀大王"，当他听到这种说法时，心里是隐约不安的，人怕出名猪怕壮，他又是有麻烦在身的人。可他又不能让眼下的这一切戛然而止。商人的血液顽强地流淌着。他不能确定的是，他现在的行为有没有超越那句"不要轻举妄动"的警告。"轻举妄动"这四个中国字，要理解起来真是宽阔无边。"妄"与不"妄"，边界又在哪里？他的理解是，只要不回国，不跟家人联络，就是没有"轻举妄动"。

有时他又想，那个看不见的命令者是谁，他会不会已经把他忘了？满世界、满江湖的浩浩荡荡，为什么他就不能被那个人遗忘呢？那么任他在此地自生自灭，也是有可能的。

就在这个时候，芭蕉怀孕了，这算是一个意外。一个晚上，他们做爱之后，董其林正要翻身睡去，芭蕉却拉着他的手，在她的小腹那里反复地抚摩。他是过来人，忽然反应过来，顿时清醒了。就问她，你有了吗，肚子里？芭蕉点点头，说，你的孩子，你要当爸爸了。

他从来没有告诉过芭蕉他的身世。他已经有三个孩子，一个婚内生孩子，还有一儿一女，是非婚生孩子，他是很喜欢孩子的。已经有三个，本来再有一个女人给他生孩子，也不会嫌多，男人只要养得起，孩子就不会嫌多。可是，这事儿毕竟不一样啊，他要如何跟芭蕉讲他的身世呢，或者，仍然一个不问，一个不说。他知道年轻的芭蕉是想跟定他的，想给他生个小孩拴住他，这越南小女人的朴素小心思，他一望而知。毕竟，他都是可以当芭蕉父亲的年纪了。

他又想，还是不要这个孩子的好，省得以后麻烦。毕竟，他盼着回去，回到他原来的人生轨道里去。他在这里是个意外，是隐形人，是流浪者，是无家可归的人，难道他一辈子要当隐身人吗？

拥抱了芭蕉良久，董其林说，芭蕉，你还年轻，我是个麻烦人。

他感觉到芭蕉的身子在他怀中一抖，她颤声问，董哥，你有什么麻烦？

董其林说，你不用知道。你以后找个好人家嫁了，我会给你一笔钱。不要让孩子拖累你。

芭蕉轻轻地啜泣，背对着他。他把她扳过来，给她擦去眼泪，对她说，你是个好姑娘，我不能耽误你。

芭蕉说，我想要这个孩子，董哥，我想要你的孩子。

他的心潮湿了，有点像江南雨季。落难之时，有的人心更硬，有的人心容易软。董其林安抚着芭蕉，对她说，再说，芭蕉；再说，我们再想想。

这一晚他失眠了，脑子里在盘算。如果能回去，他不方便带上越南女人和孩子回去。他的世界里，女人们已经够拥挤了。义乌有当初说去跟他办假离婚的妻子，还有他们的儿子。离婚后出来，他走了一段路，莫名其妙就被带走了，到了这里。妻子确实已经成了前妻。他还有一任前前妻晓月，稀里糊涂跟一个中东男人走了。有一次，是晓月那边的深夜，她给他打来电话，电话里她哭了，说过得并不好，很想回来，又没有脸回来，怕所有认识她的人都看她的笑话，只能在那边漂着，做中东人的第三个老婆，时常要委曲求全。他叹息，心想她是自作自受，但终归还是劝了几句，说实在受不了，只要你还有人身自由，你就买张机票逃回来，回来后总有办法可想，换一个城市生活，也不一定要待在义乌这小地方。后来晓月又给他打过一次电话，说在那边生下了一个男孩，渐渐也习惯了，也麻木了，人生就是那么回事。他慢慢地把晓月的事淡忘了。他本来想和朵小姐领结婚证的，这样他的三个孩子都有了名分，将来都可以光明正大继承他的家业，在他心里，都是他的孩子，家业总得交给最能干的那一个孩子，而不是非得传给嫡长子，皇帝家后来都要选最能干的那一个当太子，义乌和温州这边的老板，命里都是要考虑接班人问题的，但接家族生意还得两相情愿，不能勉强，他自己是愿意接父母的班的。他有一个妹妹，上了大学，对家族企业并不感兴趣，后来去北京谋生了。但是命运一个急转弯，他现在不知道朵小姐怎样了，有没有另外嫁人，他们中断了联系，他依然相信何朵朵会养育好他们的两个孩子，他相信她。虽然过去了差不多才两年时间，他明白一个人的失踪给至关重要的人带来的煎熬，他想他的母亲，这两年母亲一定愁白了头。可是他暂时还不敢给母亲打电话，他可以换个电话号码打，但恐怕母亲的电话早已不安全了。

　　第二天晚上睡觉前，芭蕉说，董哥，你喜欢儿子吗？我给你生儿子。董其林说，倒不是，女儿我也喜欢的。芭蕉又问，董哥，你有几个孩子？董其林心头一痛，连忙转移话题，说，睡觉吧，以后再跟你说。芭蕉钻进他怀里，就不再问。

　　第三天晚上，芭蕉脱去睡衣，主动爬到他身上，要跟他做爱。他抚摸她光溜溜的背脊和屁股说，怎么了？要小心点啊。芭蕉立刻说,这么说,你同意生下来了吗?他觉得有些好笑,芭蕉这小女子,原来也有小心机啊。可是芭蕉上下其手,他已经被她撩拨起来了,只得说,我并不是不喜欢孩子,只是怕以后拖累你。芭蕉骑在他身上动起来,一边撒娇说,董哥你放心,你看我身体这么好,我有力气,自己也养得活孩子。

她叫着,她的原始生命力旺盛得如田野里的小花小草。她还不满二十周岁,他一掌拍了一下她的屁股,她尖叫了一声,他加足了马力。他把心一横,不敢让她生下他的孩子,那他也太懦弱了吧。她想生,那就生吧。

三　蟋蟀

芭蕉怀孕三个多月的时候，董其林就不要她干活了。芭蕉表面上一点看不出孕妇的迹象，比原来胖了一点点，看起来更丰润，更加秀色可餐。

大叻这地方，斗蟋蟀风越来越盛。现在连向董其林收保护费的黑社会地痞，也迷上了。

这一天，董其林得到传话，要他挑个日子，拿出最厉害的家伙，跟那个黑社会道上人斗上一回，切磋一下。他心里忐忑，这是黑道下的战书，不应战恐怕不行，如果应战呢，就尽量让那个人赢。

两日后的一个晚上，晚秋时节，月亮圆白。秋虫旺鸣的蟋蟀庄园，一片开阔地上，芭蕉事先摆好了几席茶席，以便应战和观战的双方休息。这边，是董其林的几个也玩斗蟋蟀的朋友，那边，黑社会大哥带着四个小弟来了。小弟们每人手中，捧着一个蟋蟀罐子。

那大哥见了董其林，热情地对他说，今天有兴致，听说董哥是高手，我们来玩一玩，玩一玩。董其林也连忙说，小弟就是斗胆陪大哥玩玩，输赢大哥都莫怪罪呀。

斗了一个回合，董其林让大哥赢了，要再换一个品种再战。他提议中间休战一下，大家喝点茶，吃点点心水果，等下再战。芭蕉那天特地穿了件比较正式的越南白色奥黛，就拎着个小铁壶给客人们张罗，走到那大哥身旁，弯腰倒水，略丰腴的身材曲线毕露，正好被那大哥入了眼。她深弯腰的时候，他毫无顾忌地在她腰上捏了一把。那一片光线比较亮，这一幕，正好被董其林看见，他脸上的不悦一闪而过，也没逃过老江湖大哥的眼睛。

大哥目送着芭蕉拎着茶壶走到另一边，高声说，这妹子很漂亮啊，妹子，你叫什么名字啊？

芭蕉转过身来，恭敬地说，大哥，我叫花椒。

大哥旁若无人地说，花椒，过来，坐大哥腿上来，今天晚上要是大哥赢了，你就陪大哥吧。

董其林万万没想到,会碰上这样的麻烦。而芭蕉,成了他的麻烦。

董其林连忙站起来,对大哥说,芭蕉姑娘不方便,不方便,她已经订婚了,过些天就要回乡下出嫁。黑社会大哥说,订婚了也不要紧啊,到时候我送嫁妆红包好了。董其林说,我这里等一下有礼物送大哥,备了上等的"将军"张飞,上等的蟋蟀罐子,一点小小的敬意,是专门给大哥的,多谢平时关照了。

大哥哈哈笑起来,霸气又粗野地说,将军?将军能陪我睡觉吗,将军哪能跟小妹子比呢?

只见大哥站起来朝芭蕉走过去,一把揽过芭蕉的腰,要芭蕉在他边上观战,芭蕉不敢吭气,身子微微颤抖着。大哥大声说,走吧,茶有什么好喝的,赶紧去赌这一把,赢了你今晚就归我啦。芭蕉僵在那儿,求助地叫了一声董哥。董其林朝他走过去,忍住怒对他说,别急别急,先战了这回再说。

董其林本来是想要故意输给他的,他的蟋蟀将军训练有素,他知道怎么让它赢,怎么让它输。工友们也赶紧劝说大哥先玩好这一局,别的事再说,天下妹子多的是。

可是现在不能输了,一输就是要将芭蕉送入虎口。他虽然害怕，可毕竟女人是自己的女人，他怎能把自己的女人送人。

四周很静。两只威风凛凛的黑家伙，在一只黑色瓷罐中，一番恶战。又各换了蟋蟀，再战两局。董其林赢了，大哥马上起身，带着弟兄们悻悻走了，并没有再朝进不得退不得的芭蕉看一眼。走的时候，董其林请大哥一定带上那只斗赢的"蟋蟀将军"张飞。大哥说，再说，再说，后会有期。

一伙人走后，芭蕉的哥哥对董其林说，明天赶紧收拾收拾，让芭蕉回乡下避避风头吧。董其林一想，道，明天都怕来不及，不如今天晚上就走吧。

她哥哥说，唉，今天真不该让芭蕉出来，让她躲起来就好了。

董其林说，来者不善啊，也可能就是为了这个蟋蟀市场而来，被人家看中了，要拿走这块，自己坐庄吧。

她哥哥说，这里的黑社会很霸道，惹不起啊，钱财和女人一旦他们看上了，都要抢。要不是大的人命案，警察都是睁一只眼闭一只眼的。

芭蕉的哥哥根本没想到，妹妹出落得太好看，跟刚来大叻时的土里土气不一样，现在她像换了个人。他把她当成普通的乡下妹子,让她跟了看起来精明能干的董其林,好有个归宿,没料到妹妹出落成了一个美人,被黑社会大哥盯上了。他们都疏忽了,董其林也一样,芭蕉是主动送上门来的,以为就是个平平常常的姑娘,平时她也不怎么打扮。可是芭蕉一穿上正式的奥黛礼服,略施粉黛后,看上去就像个风韵十足的美丽少妇,又像一朵出水芙蓉鲜嫩欲滴,脱胎换骨。难怪黑社会大哥一见芭蕉,就垂涎三尺。

眼下,要么主动将芭蕉送上门去,要么赶快逃走,别无他法,只能让芭蕉回乡下去了。他哥哥知道芭蕉已有身孕,决定自己陪芭蕉走一趟,免得董其林和芭蕉在一起目标太大。就这样,兄妹俩收拾了一下东西,董其林把手头的现金都给了芭蕉,又说过几天再给她打钱。他哥哥临走时对董其林说,如果那边来要人,就说芭蕉回乡下结婚去了,本来就是订了婚的。这边的人,一听说姑娘家结婚,一般也不会再扰,黑社会也是讲点规矩的。董其林应了。

芭蕉对董其林说,董哥,你自己照顾好自己,我照顾好孩子。又交代了些琐碎,董其林都答应了。芭蕉紧紧抱了一下董其林,往乡下避祸去了。

那一夜之后,没有芭蕉的房间,显得空落落的,他好似又变成一叶浮萍,不知漂到哪里。董其林的心跳得很不正常。好不容易入睡后，噩梦连连，梦见自己被人推下了深井，快要淹死了，等醒过来，喘口气，又迷迷糊糊睡着后，又梦见自己被人用刀捅死了，好几个女人围着他的尸体哭。他索性不敢睡了。

夜半时分，恐惧感再一次升起。他盘算着，自己不能躲到芭蕉的越南乡下去，乡下有芭蕉的父母，还有她几个弟弟妹妹，他当不了农民，不会种地，也没这个脸皮。已经无路可退了，就先留在这里吧，或许考虑换个城市去流浪，比如去胡志明市，或首都河内。斗蟋蟀这事本是消愁解闷，没料到，又玩出祸水来了。

过了几天，似乎风平浪静，他侥幸地想，也许那黑社会大哥已经忘了只见了一面的芭蕉，注意力又转到别的女人身上去了。

又过了几天，是中秋夜了。董其林站在月光下，四周无人，寂静，心怦怦跳。心越是跳得快，他越是强烈地想打一个电话，他必须打这个电话，无论如何。于是，他用一个陌生号码，给远在中国义乌的母亲打了一个电话。谁也不知道这两年天各一方又不通音信的母子俩说了些什么。

又过了一个多月，董其林死在了胡志明市的一条背街小巷，是被摩托车撞死的。那个位置属于盲区，并没有监控可查。谁也不知道这个黑黑瘦瘦、不明来历的叫董其林的男子是怎么死的，也许他自己也不知道。他终究没有看到他和朵小姐的儿子柱子哥在里斯本出生，也没来得及给在芭蕉肚子里的第四个不知性别的孩子取名字。

这具黑瘦的尸体安静地躺着，从正午到深夜，直到第二天早上，警察赶到。有好几只奇怪的蟋蟀围着地上的男子躯体爬来爬去，不愿离去。

> 2022年9月28日初稿
> 2023年3月8日二稿
> 2023年3月30日三稿

后记

今天是妇女节,"朋友圈"一片"女神节快乐",女性主义似乎正在成为世界的热潮。今年,一个名叫上野千鹤子的女人,正在受到中国女性群体的关注,她的书在中国很畅销,她说过一句话——所谓女性主义,就是自由,你作为女性享有选择权,你可以对自己的人生做主。恰好在这段时间,我完成了这本书的修订。在今天这个"女神节",我再一次看到了朵小姐。

她是一个"八〇后",一个身材偏娇小的浙江人,她出生在三门农村,成长在小镇,后来在杭州读了幼师,但她不是个太安分的人,毕业后并没有回三门,老老实实地当一个幼儿教师,这个职业的女性曾被人们认为比较好嫁,很容易通过婚姻实现阶层的向上攀升。不安分的朵小姐想留在杭州碰碰运气，于是她就留了下来。

她在杭州，还是不安分于幼儿教师这个职业，她在读中专时就认识了义乌生意人沈伟国，于是伟国带她走上了生意之路，她成为小商品市场的从业者。但她并没有嫁给伟国，她选择了跟自己年龄更相当的阿奎，经历了一段不愉快的婚姻。离婚后，依然在杭州漂泊，她在走下坡路，年龄优势不再，资源又有限，做生意四处碰壁，也成不了独立新女性。她只好又回到了伟国的羽翼之下，依附于伟国，于是她在这条道上走了下去，有了两个非婚生孩子，并且一步步从社会退缩到了家庭。

义乌人伟国在商海中扑腾，盛极而衰，朵小姐没有好命成为富人俱乐部里的阔太太。伟国成于商人的敢闯能干，败于商人的生意人基因，是非成败，转头成空。伟国在异国街头死于非命，而朵小姐的人生踏入中点：她以子宫和依附的方式换来了城市中产阶级的人生，不再一无所有。

于是朵小姐的人生下半场转场，大幕又拉开。三门人的倔强基因在她身体里复苏，她不再依附于任何男人，她成了三门海边民宿的女主人，命运将一个芭比娃娃式的女性推向了创业者的位置。

相比之下，女性的阶层流动性比男性大。朵小姐是庞大的想向更高阶层流动的现代女性中的一员。我设置了何竹儿这个角色，姐妹俩作为参照系，互相比照，朵小姐各方面的处境要艰难得多。

《望海潮》里有三名女性：何朵朵、何竹儿和丁路路，她们的成长之路各自不同：哪怕走得最顺的何竹儿，也在大学毕业、成家后要面临社会的种种诱惑；从底层出发的老板娘丁路路则为情所伤，魂不守舍；同样为情所伤的何朵朵，接过了丁路路的班，开始她的民宿创业生涯，从而一点点重塑了自我。

我相信某一日在浙东大海边，朵小姐彻底告别了她的芭比娃娃时期；何竹儿迷茫之后有了新的人生领悟。皇后娘娘丁路路解脱了葬身大海的半生盲目爱情，也会成为一个自由的女人。

女人，需要发现自己。芭比、玉女、爱情动物这些，都不是完整的"她们"。

当我写到朵小姐在爱她的哑巴哥哥的陪伴下，将多年收藏的芭比娃娃们漂流向大海时，我想对她说：嗨，朵小姐，别来无恙啊。

她爽朗地笑，她说，你看我现在怎样？你不要小看我。

我说，我从来没有小看过你。

朵小姐,那个曾经不被父母重视的,又虚荣心强的,好高骛远的,想过上好生活又能力不够的,想挣扎又屈服的,心气很高又伏低做小的,想独立自主又只能以女性身体为武器的,想躺平又不得不站起来的朵小姐,她四十年不到的人生,真像她老家三门那边的海浪,一浪又一浪的击打,生活在击打着她,也在激励着她。她步履蹒跚,她步履不停,她脱胎换骨。

关于朵小姐这个女性,其实我花了很多年才看清楚。起初,大约在七八年前,有了朵小姐这个非标准女性人物,二〇一七年,《望海潮》上卷《朵小姐》刊于《收获》,应该说这件事就算完成了,但是朵小姐的人生停在了看不明未来的中间地带,我心里一直放不下她。这些年来,某些时候,比如碰到跟义乌、跟三门有关的人和事,碰到长得像她的姑娘时,我就会想起她来。我会想,朵小姐现在怎么样了呢?她过得好吗?

几年后,我再次拾笔,写三十五岁之后的朵小姐。我不停地跟她对话,我越来越清晰地看到她。我看到她折腾、痛苦、不服、倔强。我看到她遇上了爱情,这应该是她的第二次爱情。几年之后,我回头看朵小姐和伟国,认为他们之间应该是有爱情的,只不过那是一种缺胳膊少腿的不完整的爱情。我看到她在人生的低谷回到儿时和外婆一起生活的小镇，她又和皇后娘娘，和哑巴哥哥重逢了，她的人生有了新的契机。

不管怎么说，我们每个人，我们女性，人生不会只有一次机会。如果说第一次机会，朵小姐靠自身的性魅力，成为城市中产女性，那么第二次机会，她靠的是自身生命的力量。

她从一个芭比娃娃，成为一个弄潮儿。

可以说每个作家进入一个小说的方式，都奇奇怪怪的。《望海潮》是我目前小说写作中，跨越时间最长的长篇小说。长篇小说需要沉淀，有时甚至需要沉淀很长时间。比起朵小姐，伟国在我心里生长的时间更长了。很多年前，我还是社会新闻记者的时候，有一次去义乌采访，陪一个私企的企业家，去他的义乌老家，好像涉及家族纠纷，具体记不清了，我们一起坐火车从杭州到义乌，还记得他的那种气质，穿的衣服的感觉，多年后成了一个模糊的影子，大概后来他就成了我笔下的"伟国"。

《望海潮》还有两个"主角"，一个是义乌，一个是三门。不记得是哪一年了，上海双年展上，有个装置作品就是讲义乌小商品世界的，标题忘了，是一个很大的空间，堆满了玩具娃娃，像一座山，视觉上很震撼。这些娃娃玩具，销往世界各地。这个装置作品从我的眼球一直震到了心灵。我小时候大概只有过一个布娃娃，记忆中我并不太喜欢布娃娃，我是比较野的孩子。那个展览上的布娃娃给我一些异质的体验，后来我总想以义乌为地域背景，写一部小说。

为什么还有三门？因为三门属于台州，自古说台州人硬气，又离海边近，我认识好几个三门人，都有些性格上的共同点，我看到了朵小姐身上也有这种台州人的脾气。"三门"这个东海边的浙江地带，又老让我想起"三门"这个词的一个典故。汉代扬雄的《修身》曾道："天下有三门：由于情欲，入自禽门；由于礼义，入自人门；由于独智，入自圣门。"

生而为人，无论是朵小姐，还是你我，无论是男人，还是女人，我们一生能跨过几道门呢？

感谢浙江文艺出版社总编辑王晓乐，是她接过了朵小姐的故事，让我将这个积年累月停在半道上休眠的漫长故事完结了，也放下了。朵小姐的未来会怎样，我不会再替她操心了。现在正是忙碌的三月份，我需要一段让朵小姐冲刺的时间，她，一个女性，向着小说的终点冲刺，需要最旺盛的生命力。于是我又来到了我女友念青在西安的紫薇山庄，又当起了寄居蟹，我每天吃着念青做的饭菜，我惦记着她做的油泼面，因为实在是太好吃了。其实，我知道，念青是不喜欢做饭的，她更喜欢读书。我每天有半天时间处理三月份繁忙的工作，半天时间对这部长篇小说进行最后的修改，有时候一不小心，就过了深夜十二点。每天有一小段时间，中午或傍晚，春光正好，念青带我去山脚下看花，看树，散步。我去西安的时候，花都没开，道路两旁是绿色的，我离开时，《望海潮》完结了，紫薇山庄所有的花都开遍了，真是粉艳艳的壮观。

《望海潮》也终结在早春二月。我想象着，走过半生的朵小姐，她站在春花下，她望自己的来路，她望自己的去路，她遥望自己的归途。

是为后记。

萧　耳

2023年3月8日